二見サラ文庫

成金商家物語
～ツンデレおじさんは美人な年下女性をイヤイヤ娶る～

江本マシメサ

Illustration

榎本

CONTENTS

第一章

成金商家の男は、イヤイヤ再婚する

魔法が衰退し、技術のみがほんの少しだけ残った都――そこに、ひとりの成金商家の男がいた。

名を、アルフォンソ・ベルンハルト。

年は三十八歳。頑固で気難しく、酷く痩せ細っていて見目もよくない。

三回の離婚歴に子持ち。そんな彼が、知人男性の熱心な頼みで四回目の結婚をした。

相手は、十二歳も年下の女性。

育った環境も、家柄も、性格も大きく異なる。

上手くいくはずがない。

そう思っていたのに、新しい結婚生活は思いがけない方向へと転がっていく。

これは成金商家の男が、本当の幸せを見つける物語である。

執務机に置かれた魔石灯が、アルフォンソの横顔を照らす。

その表情は、穏やかではない。

火を点けたばかりの葉巻を灰皿に押しつけ、舌打ちする。

彼は二十六になる妻、メルセデスに対して憤っていたのだ。

「私がいない間は大人しくしていろと、あれほど言っていたのに！」

執務机に感情のままにドンと拳を叩きつけると、山積みになった書類が崩壊した。床に落ちた紙を、使用人たちは丁寧に拾いあげる。

アルフォンソは非常に短気な男で、物に当たるのは珍しいことでもなんでもない。

使用人たちは慣れたもので、淡々と、侍り続ける。

二本目の葉巻に手を伸ばしかけた瞬間、扉が叩かれた。

「アルフォンソ様、メルセデスです」

「遅い！」

メルセデスは深々と頭を下げる。そのままの状態で、動かなくなった。

生真面目なメルセデスは、アルフォンソに対して一歩も二歩も引いたような態度でいる。

その様子すら、アルフォンソは気に食わない。

部屋にいた使用人たちを下がらせると、アルフォンソは口を開く。

「顔を上げろ。話とは言うまでもない。お前が約束を破った件についてだ。――お前が問題を起こすたびに、私の額は後退していっているような気がする。私の頭皮と髪の毛に謝ってくれ」

そっと顔を上げたメルセデスは、無表情のままアルフォンソを見つめる。何を思っているかは、まったく読めない。

ばかにしているのか。そう言おうとした瞬間、メルセデスは口を開く。

「アルフォンソ様の頭皮と髪の毛においては、私が至らない行動をしたばかりに、多大な負担をかけてしまいました。申し訳ありませんでした」

メルセデスの謝罪に対し、アルフォンソはふんと鼻を鳴らす。

アルフォンソは前髪を整髪料でうしろに撫でつける髪型にしていた。最近、額が広くなったような気がして、毎朝鏡を見るのが恐ろしくなっている。だからといって他の髪型にすれば余計に貧相になってしまうため、今の状態を維持していた。

「しかし、以前とそう変わらないように見えますが？」

「そんなことはない。自分の毛髪事情は持ち主である私が一番知っている。その私が言うのだから間違いない。このまま心労が溜まった結果、禿げあがったらどうしてくれる？」

「言うほどではないかと」

「は⁉」

「御髪は、十分あるように見えます」

「お前に、何がわかる！」

葉巻を手に取って口に咥える。オイルライターで火を点けようとするが、いくら回転ヤスリを親指で擦っても点火しない。次第にイライラも頂点となって、葉巻とライターをまとめてゴミ箱に投げ捨てた。

「アルフォンソ様、オイルが切れているのでは？」

「うるさい！」

アルフォンソはゴミ箱を蹴飛ばして、憂さ晴らしをする。

イライラが治まらなかったアルフォンソは頭を掻き毟っていたが、ふと我に返る。大切な毛が抜けていないか、手のひらを確認していた。

「そんなに御髪がお気になるのなら、いっそのこと全部剃ってしまってはいかがでしょうか？」

「ば、ばかな！　何を言っているのだ、お前は！」

「髪の毛なんぞ、なくても生きていけます」

「お、お前はフサフサだからそう言えるんだ！　全部剃れだって⁉　そんなのお断りだ！」

この髪はすべて私の髪、誰の自由にもさせない！　ばかばかしい！　髪の毛の話はこれで終わりだ！」

「そうですか。それではまた」

話が終わったと思って帰ろうとするメルセデスをアルフォンソは全力で引き止める。

「ま、待て待てーい！」

「はい？」

「はい？　じゃないわ！　なぜ、帰ろうとする⁉」

「話は終わったのかと」

「髪の毛の話をするためだけに、呼びだすわけがなかろうが」

「さようでしたか」

「何を考えているんだ、お前は！」

メルセデスは目を伏せ、罵倒を聞き流しているようだった。アルフォンソの短気は今に始まったことではないので、いちいち気にしていたら疲れてしまうのだろう。

「だからお前とは結婚したくなかったのだ！」

彼らは愛し合って結婚をした仲ではない。メルセデスの父親に頼まれて仕方がなく結婚したのだ。結婚して半年。夫婦の契り（ちぎ）りなど交わしてはいないし、もちろん寝所も別という冷え切った関係を継続していた。アルフォンソには前妻との間にできた五歳になる子どもがいるので、そういった方面での努力も不要なのだ。

「なぜ、屋敷からでてはいけないという約束を破った？」

「それは——」

婚姻を結ぶためにアルフォンソがだした条件は〝屋敷から一歩もでるな〟という理不尽なもの。メルセデスもそれを承知で結婚をしたわけだったが、その約束はあっさり破られた。メルセデスはあろうことかアルフォンソの息子を街に連れだしてしまったのである。

「私が個人的に買いたいものがあり、どうしても街にでかけたくて……」

「いい大人が、約束も守れないとはな！」

「申し訳ありません。もう二度と外にはでないので、どうかお許しを」

メルセデスが真面目な性格の女性だということは、アルフォンソも理解している。これまで、彼女が高価な品物を注文したという報告など一度もない。約束を破ってまで外にでたのは、おそらく息子がせがんだのだろう。アルフォンソはわかっていたが、それを止めるのがメルセデスの務めである。外出を許してしまっては、契約を結んだ意味がない。

「それにしても、その服装はなんだ？」

本日のメルセデスは生成り色のドレスに、髪を低い位置でひとつに結うという地味な装いだった。商人の妻というよりは貧乏貴族の娘、といった姿をしている。

「どうしてそのように安っぽい格好をしている？　信じがたいほど似合っていない」

「派手な色のドレスは苦手でして」

「ここは人の出入りも多い。お前がそのような貧相な姿をしていれば、私が妻をないがしろにするどころか、虐げていると噂されるだろうが」

「それは、そうですね。商人の妻という自覚が足りませんでした」

「もっと派手な服を着て、宝飾類もしっかり身に着けろ」

「アルフォンソ様の手のように？」

「はあ⁉」

アルフォンソの手には親指以外、すべての指に大きな粒の宝石があしらわれた指輪が嵌められている。世間的にイメージする成金商人そのままの姿でいるのだ。

「う、うるさいな！　こんなに着けろとは言っていない！」

「それは、申し訳ありませんでした」

アルフォンソの服装は、上品で趣味がいいと評判だった。ただ、その指輪だけは下品だと言われた記憶はひとつやふたつではない。けれども、アルフォンソはやめなかった。

多くの財を築きあげ、商会の経営は安定していた。そのため他人から好感を得なくとも、十分やっていける。指輪に対しメルセデスが非難の目を向けようとも、はずそうとは思わなかった。

「私のことはどうだっていい。問題はお前だ。とにかく、約束は守れ。それから装いを改めろ。話はそれだけだ。下がれ」

メルセデスは頭を深く下げて退室していく。その姿を見送ると、アルフォンソは首筋に残っている小さな古傷を撫でながら深く息を吐く。

妻の裏切りを目の当たりにしてしまったアルフォンソは奥歯を噛み、呪詛のような一言を呟いた。

「これだから結婚したくなかったのに」

古傷がじくじくと疼く。同時に、昔の記憶も甦った。

アルフォンソは十八歳のときに父親を亡くし、商会を継いだ。

犯罪紛いのような商売をしていた先代のやり方を捨てて地道な経営方針に変えたあと、多大な苦労を乗り越えて成功。しかし父親のあくどい事業の印象を拭うのは難しく、今もなお、商会の印象は世間ではよくない。おまけにアルフォンソの人相も悪く、何か企んでいるのでは？　と相手を不安に陥れることもあった。

それなりに顔も整っていたが、それも昔の話。最近は痩せ細る一方で、日に日に顔つきが恐ろしくなっている。精神的な疲弊が理由で、髪の毛も薄くなっていた。

事業は順調。美しく若い妻を娶って金もあり余っているアルフォンソを羨む者は多い。

だが、現実は外から見るほど恵まれたものではなかった。

アルフォンソの人生は、暗闇の中に閉じ込められたままとも言える。薄汚い事業で金儲けをして、命の危険に晒されながらも愚かな行いをやめなかった父親。愛人との間に弟を儲けた母親に、金の亡者となった使用人や商会の従業員たち。ろくな人間がいなかった環境の中で育ったアルフォンソの性格は、他人を信用できない疑心に囚われたものとなってしまった。

そんな見た目も性格もよくないアルフォンソの元へ嫁いだ妻は、年若く、誰もが振り返るほどの美貌を持ち、家柄もよい。アルフォンソのちっぽけな自尊心を刺激する存在だった。そんなメルセデスと結婚することになった発端は、一年半前にまで遡る。

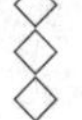

「娘への贈り物なら、これはどうだろうか?」

アルフォンソは机の上に並べている宝飾類の中から青い宝石のついたブローチを差しだす。落ち着いた色合いの青石はどのドレスにも合わせやすく、また年齢に関係なくいつまでも身に着けられる品だ。

「確か娘は、黒髪に濃紺の瞳だったな?」

「おや、よく覚えていたね」

顧客の情報は記憶しているアルフォンソは、他の宝石も勧める。

本日のお客様はブランシュ子爵家の当主。ひとつでも多くの商品を売ろうと、言葉巧みに高価な宝石を紹介する。

だが、堅実な生活をしている子爵はあまり派手な買い物はしない。十年来の付き合いになるアルフォンソは、今日も買うのは娘への贈り物だけだな、と考える。

「メルセデス——娘はもう二十五歳でね」

「そうだったか」

「私の娘を見たことはあるかい？」

「いや、ない」

ブランシュ子爵は口髭(くちひげ)を撫でながら、じっと目の前に座る男の顔を見つめていた。深い青の目に射止められたアルフォンソは、考えていることを見透かされているようで落ち着かない気分になった。

「どうかしたか？」

「ん？　ああ、すまない。少し考えごとをしてしまった。そういえば、ベルンハルト君はいくつになるんだったかな？」

「私か？　三十七になるが、それがどうした？」

なぜ娘の年の話からアルフォンソの年の話に飛躍したのかわからなかったが、正直に年齢を答えた。

「ひと回り離れているけど、まあいいか」

ぶつぶつと独り言を呟いている。反応していいのか悩んでいるところに、思いがけない提案を受けた。

「ベルンハルト君、お願いがあるんだけれど、うちの娘と結婚してくれないかい？」

信じがたい言葉が聞こえた。だが、聞き違いだろう。アルフォンソは新しい宝石を鞄から取りだしながら、聞き流す。

「聞こえなかったのか？　娘と、結婚してくれと言っているんだ」

「はあ⁉」

やはり、子爵は娘と結婚しろと言っている。結婚を三度も失敗している男に娘を差しだすなんてありえない。アルフォンソが何を言っているのかと口をぱくぱくとさせていると、扉が叩かれる。

「誰かな？」

「私です。少し、よろしいでしょうか？」

「おや、いいところに。入りなさい」

「失礼しま――来客中でしたか？　また、あとできます」

子爵の部屋に現れたのは、全身を黒い鎧で覆った騎士。女性の声だったので、アルフォンソは驚いた。

胸に刻まれた獅子の紋章は、王宮騎士の証。アルフォンソは騎士を前に、背筋が自然と伸びる。

「こちらに座りなさい」

騎士はアルフォンソのほうを見る。表情は見えないが、困惑の空気が伝わっていた。客がいるとは知らずに、入ってきたのだろう。

見ず知らずの人間の同席など、通常は許さない。だが相手は騎士。

王族や国民を守る騎士という存在を、アルフォンソは心から尊敬していた。そのため、同席を許す。

「ベルンハルト君、いいかね？」

「私は、別に構わない」

「では、少しだけ」

子爵は居住まいを正し、騎士を紹介した。

「彼女が娘のメルセデス。メルセデス、この方はアルフォンソ・ベルンハルト君、十年来の付き合いのある商人だ」

なんと、騎士は子爵の娘だった。

互いに状況もよく理解できぬまま、会釈し合う。そして、ふたり揃って子爵の顔を見た。

これはどういうことなのか？

思っていることは、おそらく一致しているだろう。

「メルセデス、兜(かぶと)を取りなさい。失礼だよ」

子爵に注意されて気づいたのか、メルセデスと紹介された娘は兜をはずす。

兜の下からでてきたのは、艶(つや)やかな黒髪と切れ長の目をした美しい女性。髪の毛は邪魔にならないように顎にかかる程度に切り揃えられていた。少しの隙もない、冷たい印象がある。そんな女性を前に、アルフォンソは別のことを考えていた。

「ジークフリード？」

親子揃って怪訝(けげん)な表情となったので、一瞬で我に返った。

「い、いや、なんでもない」

アルフォンソが思わず呟いてしまったジークフリードとは〝真暗(まくら)の国の騎士と姫君〟という物語に出てくる騎士の名前。

真っ暗闇の国の悪魔に攫(さら)われた姫を、騎士ジークフリードが助けに行くという、子ども向けの物語である。

主人公のジークフリードの性格は冷静で淡々としており、なおかつ暗い内容だったので流行(はや)らなかった。だが、幼い頃のアルフォンソは文字を手で追いながら、印刷が擦り切れるほど読み込んでいた。

その騎士は黒い髪に深い青の瞳、全身黒の甲冑(かっちゅう)を身に着けている姿で描かれる。奇(く)しくも、目の前にいるメルセデスにそっくりだったのだ。

ぼんやりとするアルフォンソをよそに、子爵は話を進める。

「話を戻すけれど、君たちふたりが夫婦になるのはどうだろうか？　と話をしていたところなんだよ」

「父上、その話は……」

やはり先ほどの言葉は聞き違いではなかった。

二十五歳と若く美しいメルセデスと結婚？　ありえない。アルフォンソは見目の悪い中年だ。金色の髪は若い頃よりも色あせ、緑の目は苔のような色で、眼窩も窪んでいる。それに加えて頬は肉づきが悪く痩けており、骸骨に似ていて不気味だと失礼な執事に言われたことがあった。背は平均よりも高いが、枯れた木のようだと陰で揶揄される。商人どころか人間として大丈夫なのかと問いたくなるような見た目のアルフォンソに、若く麗しいメルセデスが嫁ぐのは無理がある。

「メルセデス、君の話も結婚についてだね？」

「はい」

シーンと、静まり返る。いたたまれない雰囲気となった。子爵はすぐに空気を読む。

「今日はこれくらいにしておこうか。顔合わせということで。メルセデス、下がってもいいよ」

メルセデスは綺麗な姿勢でお辞儀をし、部屋からでていく。

さすがは王宮騎士だと、アルフォンソは感心する。父親の無茶な提案に文句を言いたかっただろうに、メルセデスは無表情のままだった。

後から聞いた話では、他人が一歩踏み込むのを許さない冷徹なふるまいから、メルセデスは〝氷の騎士〟と呼ばれているらしい。ぴったりなふたつ名だと、納得してしまう。

そんな女性との結婚は、アルフォンソにとって大いなる疑問であった。

あのように美しく、騎士を務めているという高潔な精神を持つ女性ならば、自分ではなくても引く手数多だろう。

うんざりしつつ、子爵に問いかける。

「子爵、私が三回離婚しているのはご存知か？」

ひとり目の妻は貴族の娘で、ふたり目の妻は取引先の娘、三人目の妻は顧客の娘。いずれの結婚生活も数日から数年で破綻していた。離婚に伴って悪い噂も多く出回っている。

例えば、ひとり目の妻の持参金を奪い、使い尽くしたあとで離婚した。ふたり目の妻は性格の不一致で刃傷沙汰になり、その妻の姿を見た者はいない。三人目の妻は、元からいた愛人に追いだされた、など挙げればキリがない。

もちろん、それらの話はすべて真実でなかったが、アルフォンソは弁解するつもりはなかった。

特に三人目の妻については口を固く閉ざしている。その理由は四年前に三人目の妻との間に生まれた子どものためでもあった。子に悪い噂がつきまとうよりは、自分が悪い人間だと言われるほうがましだと、アルフォンソは考えている。

「私の噂話も聞いているだろう?」

「うん。知っている」

「では、なぜ?」

「君の人柄はこの十年間の付き合いで把握している。噂はすべてデタラメだ」

断言する子爵を前に、アルフォンソは少し照れる。

「そういうわけなので、娘と結婚してくれないか?」

「いや、それとこれとは、話が別だろう」

悲惨な離婚暦を抜きにしても、この結婚は酷い組み合わせだ。そう主張しても、子爵は聞く耳を持ってくれない。

「この話は、君もまた今度だね」

「い、いやいや、ない! ないから! それよりも娘の贈り物を決めろ」

「ああ、そうだったねえ」

アルフォンソはとんでもない話を振ってくれた子爵への腹いせに、高価な首飾りを鞄からだした。娘に贈るようにと、強引に話を進める。

「そうだね。うん、これにしよう」

「少々値が張るが大丈夫なのか？」

「君の見立ててくれた贈り物は、いつも皆喜んで受け取ってくれるんだ。それに騎士を長年頑張ったご褒美の意味も込めて、それにするよ」

「……毎度」

高い宝石は売れたのに気分が落ち込んでいる。その原因は、子爵から結婚を勧められたからにほかならない。

三回の結婚生活で三度の裏切りに遭ったアルフォンソは、女性不信に陥っている。もう結婚なんかするものかと思っていた。それなのに、子爵から提案されてしまった。

正式に申し出があれば、一般市民であるアルフォンソのほうからは断れなくなるのだ。

帰りの馬車の中で悶々と悩んでいたが、窓に映った不気味な男の顔を見てぎょっとする。

それは、アルフォンソ自身の顔だった。

本当に、ありえないとアルフォンソはため息をつく。

子爵はなんて提案をしてくれたのか。

初めての結婚相手に、三回離婚をしていてしかも年が随分と離れている醜悪な男なんぞ、娘のほうが嫌がるに違いない。

この結婚話は、すぐに立ち消えとなるだろう。アルフォンソは確信していた。

一ヶ月後に、再び子爵家に呼びだされる。そこでメルセデスは、驚くべき返事をした。

「アルフォンソ様、先日のお話ですが、お受けしようかと思っています」

急に名前を呼ばれて動揺したアルフォンソは瞠目（どうもく）し、目の前の娘を見る。

メルセデスは相変わらずの無表情で、考えていることなど微塵（みじん）も窺（うかが）えず。アルフォンソは居心地の悪さを覚える。

メルセデスは先日の鎧姿とは違ってドレスを着用していた。胸の辺りに切り込みの入った紺色のドレスはよく似合っている。

思わず釘（くぎ）づけになってしまったのは、惜しげもなく晒されている豊かな胸元と細い腰。剝（む）きだしになっている腕も、少女時代から騎士をしていたというにはか細い。

アルフォンソの不躾（ぶしつけ）な視線をメルセデスは気に留める様子がなかったので、背後に控えていた侍女が咳払（せきばら）いをしてやめさせた。

こうして自分の失態に気づいたアルフォンソは目の前の美女に謝罪を入れて、本題へと移った。

だがまさか、結婚を受け入れるとは思いもしなかったのである。

アルフォンソは再び、メルセデスを呆然（ぼうぜん）と見つめる。

「お、お前は、ばかなのか？」

「ばか、というと？」

「ばかだろう？　子持ちで離婚暦も三回あって、なおかつ年も離れていて、おまけに顔も悪……初婚の相手に相応しくない男を選ぶとは」

アルフォンソは自分で言っていて空しくなったので、途中で言葉を止めてしまった。

メルセデスは感情を顔に出さず、アルフォンソのほうをじっと見つめている。

何を考えているのか、まったくわからなかった。

「私個人の悪い噂だって耳にしているだろう」

「いいえ。噂話は聞いていません。父が、私の結婚相手にはアルフォンソ様しかいないと言うので、決めました」

「結婚相手くらい、自分で決めないか」

「そういうわけにもいかないのです」

「どうしてだ？」

「先日私が着用していた鎧を覚えていますか？」

「ああ、黒い鎧だったな」

物語の登場人物と見紛うほど見事に着こなしていた鎧姿は、今でも鮮明に思いだすことができた。

「あれは鎧に呪文が刻まれていて、身体能力を飛躍的に向上させる力がある装備なのです。

その昔は、魔導鎧などと呼ばれていました」

「ま、魔導鎧だと⁉」

魔導鎧――それは、いにしえの時代に魔法使いが作った魔技工品(まぎこうひん)である。体内にある魔力を消費する代わりに、身体能力向上を可能とする。

太古の騎士は皆、魔導鎧を身に着けていたというが、使用者の負担が大きいということで、いつしか廃(すた)れていった。

「どうしてそんなものを？」

「いくら鍛錬をしても、筋肉がつきにくい体だったのです。騎士として未熟な体を補う目的で、使用していました。私は十五歳の頃から魔導鎧を着用していましたが、つい先日、限界を迎えてしまいました。日常生活を送るには問題ありませんが、この先子どもを産めないだろうと、医者から言われています」

魔導鎧を身に着けた結果、どうなるかわかっていて騎士を続けていたのだという。

「なぜ、そこまでして騎士を続けていたのだ？」

「国は慢性的な騎士不足でして。少しでも、人の役に立ちたいと思っていたのです」

騎士隊の運営は、主に貴族からの寄付で賄われている。

しかしながら、特権階級を振りかざす貴族がのさばる時代が続いたのがよくなかったのか。長い月日を虐げられた平民は、結託し武装して次々と貴族の家を襲った。このような内戦が続いた結果、国内の貴族は半数以下に減ってしまう。内戦を抑えるために騎士たちは奔走を続けていたが、貴族と平民の板挟みとなって、多くの者たちが亡くなった。

内戦が治まる頃には騎士の数も減少しており、人手不足は深刻化するばかり。数が減った貴族からは満足に寄付金も集まらず、薄給で激務という騎士になりたがる者は少なくなっていった。この悲劇は六十年ほど前の話である。

一方で、幼い頃に騎士に危ないところを助けられた記憶があるアルフォンソは、父親亡きあと、私財を騎士隊に匿名で寄付した。

当時、ベルンハルト家にあった財産は汚い手を使って儲けたものばかりだった。ほとほと嫌気が差していたアルフォンソは周囲の制止を無視し、国を守るために存在する人たちの助けになればと行動を起こす。

その後も騎士隊への支援は続けていたが、体に負担がかかる魔導鎧を用いて、人手不足を補おうとしていた事実は知る由もなかった。

「私は、普通の女性としての生き方を知りません。しかし、知らないからといってこのまま実家に身を置くのは居心地が悪い上に、両親に迷惑がかかります。だから、跡継ぎを産む必要のないアルフォンソ様の元へ嫁ごうと決心した次第です」

事情は理解できた。しかし、だからといって受け入れるのは難しい。

それをどう言葉にしていいのかわからず、ついついいつもの調子で言ってしまう。

「自ら不幸の中へやってくるとは、飛んで火に入る愚かな虫のようだ」

「あなたの元へ行くことが、幸か不幸かは私自身が決めることです」

「不幸になるに決まっているだろう」

「今までの人生も、業火の中にいたようなものでした」

普通の子爵家の令嬢ならば、周囲から持て囃されて大切にされただろう。その環境を捨ててまで、男でも辛いと言える騎士という道をなぜ選んだのか疑問に感じる。

それに加えて、今まで大変な苦労をしながら任務に就いていたのだろう。アルフォンソは目の前の女性を気の毒に思っていた。

「元いた火の中から、別の火に飛び込んでも変わりはないでしょう」

「どうなっても知らんぞ」

「覚悟は決めております」

メルセデスに引く気がないとなれば、この結婚は決まったようなものだ。アルフォンソは早く家に帰って葉巻を吸いたいと思ったが、取り引きが二件入っている。

ため息を呑み込み、結婚の契約を提示した。

「条件がある。結婚後は屋敷から一歩もでないでもらいたい」

これを受け入れないのであれば、結婚はできない。それだけは譲れなかった。

「話は以上だ。私はこれから仕事なのでこのまま失礼させていただく」

「アルフォンソ様、あの、外にでるなとは、どういうことなのですか?」

「この条件が嫌ならそちらから断れ」

一方的に話を終わらせて子爵家を去ったが、いくら待っても断りの手紙は送られてこなかった。


数週間後に子爵と婚姻についての話し合いをして、結婚話はまとまった。

その後、メルセデスに会ったのは一年後になる。

一年経って髪も伸びた新妻は、変わらず美しい。結婚してなお、この清廉で品のある女が自分の妻だとは、信じられなかった。

そんなメルセデスが、やらかしてくれた。家からでないこと、という約束を破ってくれたのだ。

期待はしていなかったが、やはりこうなってしまった。

アルフォンソは誰もいない部屋で、「クソが!」と独りごちた。

第二章

成金商家の男は、疑心暗鬼に苛まれる

薄(うつす)らと雪が残る地面では、新芽が土を盛りあげている。暖かな季節を待つように、芽吹く瞬間を見計らっていた。

一年の半分以上が曇天という王都の空は、本日も灰色だ。

そして、ベルンハルト家の朝も、いつもとおなじような光景が広がっている。

アルフォンソは新聞紙を広げ、用意された食事には手をださない。

その背後に控えるのは、金髪にエメラルドの瞳を持つ生真面目そうな優男、秘書のフランツ。一日の日程を伝えているが、アルフォンソは返事をせずに聞き流す。

若く不真面目そうに見える執事エリアスは棒立ちで、主人の紅茶が冷めようが気にする素振りも見せていなかった。

使用人の手によって扉が開かれると、メルセデスと五歳となる息子ジルヴィオが仲良く手を繋いで現れる。

「アルフォンソ様、おはようございます」

「父上、おはようございます」

元気のいい挨拶に、「ああ」と適当に返す。いつものことなので誰も気にしない。

「父上、聞いてください。母上に教えてもらった文字で、父上にお手紙を書きました」

ジルヴィオは父親に似ず素直な性格で、突然やってきたメルセデスを母として慕っている。

ジルヴィオは館に出入りしていた男と一緒に逃げた前妻との間にできた子で、髪と目の色はアルフォンソとおなじ。だが、前妻もまたアルフォンソとおなじ金髪だったので、自分の本当の子どもではないのでは？　と疑っていた時期もあった。

しかしながら、今のジルヴィオはアルフォンソの幼少時代の絵姿とそっくりなので実子であることは間違いないのだろう。

輝かんばかりの笑顔で手紙を差しだすジルヴィオに、アルフォンソは冷たい態度を取る。

「手紙は、そこに置け」

「はあい」

そんな夫の様子にメルセデスは責めるような視線を送り、あからさまなため息をつく。

落胆の色合いが滲んでいるのは明らかだったが、アルフォンソは気づかない振りをしていた。

妻や子が食前の祈りを終えて、食事を始めてもアルフォンソは暢気に新聞を読んでいる。彼が食事に手をつけるのは、メルセデスやジルヴィオがいなくなったあと。執事と秘書を追いだし手にしていた新聞を畳んで置くと、やっと食前の祈りを始める。用意されていた紅茶に何も入れず、しつこいくらい搔き混ぜる。それからカップを手に取ると顔を近づけて中を覗き込み、紅茶の色がいつも通りか確認して匂いも慎重に嗅ぐ。最後に混ぜていた匙を凝視して問題がないのを確認すると、冷え切った紅茶に口をつけた。

……クソ不味い。

冷えた紅茶が不味いのは当たり前。なぜ、このような行いをしているかというと、毒の混入を確認するためだった。幼少期、食事に毒が混入されていて生死の狭間をさまよった。アルフォンソは、毎回このような確認を行う。秘書は毒味を雇えばいいと言うが、人が手をつけた食事など気持ち悪くて食えたものではない。彼は潔癖性でもあった。

ベルンハルト家のカトラリーは銀製品で揃えられていて、もしも毒が混入されていれば瞬時に黒く変色する。銀器の手入れは面倒なので執事が何度も陶器に替えたいと不満を漏らしているのを、アルフォンソは無視していた。

時間をかけて食事を終えたあとは懐中時計を取りだし、仕事に行くまでに余裕があるのを確認。机の上に置きっぱなしにされていたジルヴィオの手紙を回収して、早足に書斎へと移動する。うしろから秘書がついてきていたが、部屋の外で待っているように指示をだす。その後、用心のために鍵もかけた。

抽斗に入れていたペーパーナイフを取りだして、机の上に置いた。懐から一通の手紙を取りだす。それは、先ほど息子から貰った手紙だった。

宛名には〝ちちうえへ〟とミミズが這ったような文字で書かれている。開封の際に中身が切れないように何度も机の上で手紙を縦にして叩くと、端に折り目をつけてペーパーナイフで開封した。肝心の中身はあっさりとしたものだった。

ちちうえへ　おしごとをがんばるちちうえがだいすきです。

拙い文字で少しの文章が書かれているだけのものだったが、アルフォンソは感極まって泣きそうになっていた。

アルフォンソは息子が可愛くって仕方がない子煩悩だ。だが、どう接していいのかわからず、素っ気ない態度になってしまう。そんな自分に悩んでいたが、相談できる相手もいない。悲しい現実である。

早速返事を書こうと抽斗の中から便箋を摑んだが、その瞬間に秘書からでかける時間だと声がかかる。舌打ちをしつつ、貰った手紙を鍵つきの抽斗の中へしまった。緩みきった頰を元の状態に戻すと、颯爽と部屋をでた。

「会長、坊ちゃんの手紙にはなんと書かれていましたか？」

「て、手紙を見るために書斎にきたのではない。それにあの女の産んだ子どもの手紙なんかを、朝っぱらから見る暇があるわけないだろう!」

「そう、ですね」

秘書にはバレバレだと思われるが、それ以上追及してこなかった。ありがたいと、アルフォンソは心の中で感謝する。


日付が変わる時間に帰宅する。そんなアルフォンソを迎えたのは、メルセデスと執事。メルセデスが一歩前にでて、深々と頭を下げる。

「お帰りなさいませ、アルフォンソ様」

「なんだ、まだ起きていたのか。待たなくていい。出迎えも不要だ」

「ですが、三食昼寝つき、というのはなかなか居心地が悪いものです」

「昼寝までしている奴(やつ)が、そんなことを気にするな」

改めて、生真面目な女だとアルフォンソは思う。手を抜くということを、知らないのだろう。

「あの、アルフォンソ様――」

「いいからもう寝ろ」

寝巻き姿に上着をはおっただけのメルセデスは、劣情をそそるような色気がある。なんて格好でうろついているのだと注意をしようかとアルフォンソは思ったが、長時間にもわたる会議で疲弊していて、怒鳴る元気などなかった。今日のところはやめておこうと、そのまま妻を置き去りにして歩く。

背後から足音がしないので不思議に思って振り返ると、執事の姿がない。何やらメルセデスに話しかけている最中だった。

「おい、エリアス！」

執事の名前を呼んで、こちらにくるよう命令をする。

「あーすいません、旦那様。奥様のお体が冷え切っているように見えたので、お茶が必要かお聞きしていました」

家の中にいたメルセデスよりも、外から帰ってきたアルフォンソのほうが冷え切っている。呆れたことに女性好きの執事は、美しい女主人の世話を優先させるという愚行にでていた。言葉を失うアルフォンソのうしろで執事は喋り続ける。

「いやあ旦那様、羨ましいですね」

「なんの話だ？」

「奥様のことですよ。いえ、ね。元騎士様だという女性が嫁いでくるって聞いたときに、屈強なお方がいらっしゃると思っていたわけですよ」

執事の予想に反して、現れた四人目の妻は誰よりも美しい女性だった。真面目な性格で、継子であるジルヴィオにも優しい態度で接し、アルフォンソの暴言をものともしない。メルセデスは使用人たちにとっては理想の女主人だという。

「旦那様、ひとつお聞きしても？」

「なんだ？」

「いつもつれない態度をする奥様ですが、やはり寝台の上では従順なのでしょうか？」

「は⁉」

「ずっと気になっていまして」

「ばっ、ばかが！　どうしてそのようなことを教えなければならないのか！」

「気になって、気になって、夜しか眠れないんです。どうか、お願いします」

「一回庭の池に沈んでこい！　この、あんぽんたん！」

「今の時季に池で泳いだら、死んでしまいますよ」

「うるさい！　この不良執事が！」

この執事の青年は朝が弱く、一度もアルフォンソを起こしにきたことがない。そんなわけで、夫婦の夜の事情は知らないのだ。

世話をする使用人にも口外しないよう金を握らせているので、メルセデスが綺麗な体のままだという話が広まることはない。

「もういい。下がれ」

「かしこまりました」

美しい角度で頭を下げる執事を置き去りにし、ずんずんと歩いて浴室を目指した。

風呂に入って温まった状態で書斎に行き、朝受け取ったジルヴィオからの手紙を指先でなぞる。アルフォンソは感激していた。文字を覚えさせるのはまだ早いと思っていたが、手紙が書けるようになるとは、と。アルフォンソは七歳の頃から家庭教師を呼んで勉強を始めたので、息子も同じような時期でいいと考えていた。本人にやる気があるのなら、早めに教師をつけるのも悪くないだろう。

結局、その日の晩は何枚も返事を書いたのに、満足のいく文章が書けなかった。手紙は完成しなかったのである。

そしていつもと同じ朝を迎えた。挨拶を済ませたジルヴィオは昨日と同じように父親の元へと駆け寄って、笑顔で話しかけてきた。

「父上、手紙は読んでくれましたか？」

読んだが、返事は書けなかった。悔しい気持ちがこみあげてくる。

「父上？」

「まだだ」

「そ、そうですか……。ぼくの手紙なんか、読んでいる暇は、ないですよね」

慌てて返事をしたために、まだ手紙を読んではいないという意味になってしまった。心の中でアルフォンソは頭を抱えるが、どう弁解していいのかわからずに沈黙は続く。

すっかり落ち込んでしまった息子の様子を視界に入れたくなかったので、アルフォンソは食事も取らずに食堂からでる。

本日も、親子の距離は縮まらなかった。

そればかりか、朝のジルヴィオの様子を思いだしては、心を痛めるという一日を過ごしてしまった。

物音ひとつない静かな夜。

アルフォンソは年のせいか、朝まで安眠することは珍しい。ひとりきりの寝台の上で今日も何度か目を覚まして、時間を確認して再び寝入るという行動を繰り返していた。

ウトウトしていると、誰かが廊下を走ってくる足音が聞こえて身を起こす。

「旦那様！」

扉を叩くのは執事だ。このような夜中に何事なのか。中へ入るよう命じる。

「どうした？」

「先ほど、銀行省の方が訪問してきたのですが」

「なんだと⁉」

執事が見せた封筒には、銀行省の紋章が印刷されてあった。

銀行省とは国の管轄下にある機関だ。主に預金の受け入れ、資金の貸付、商会券の取り引きの請負などを行う。

アルフォンソは渡された白い封筒を乱暴に開く。執事は主人が文字を読みやすいように、魔石灯を掲げた。光る魔法の石が、便箋に書かれた文字を照らす。

書かれている内容に目を通し、ハッと息を呑む。すぐに、アルフォンソは指示をだした。

「エリアス、使用人を起こして回れ。バウマン商会との取り引きで不渡り券をだした」

「不渡りを⁉　まさか‼」

金の取り引きは現金を使わずに銀行省の発行した商会券を使う。商会券とは、予め預けていたお金を簡単に受け取れるというもので、銀行省に持っていけば記入された金額を受け取ることができる。円滑に取り引きを進める仕組みだ。

ただ銀行省に預けた金が、商会券に記入された金額を受け取りに行ったときに不足していたらそれは不渡り券になる。一年の間に二回だしてしまえば、銀行省を利用した取り引きができなくなるという。そうなれば事業は破綻してしまい、事実上の破産も意味していた。幸いにも、アルフォンソの商会が不渡りをだしたのは一回目。今すぐに倒産、というわけではない。しかしながら、問題は他にあった。

「使用人たちにはとりあえず逃げろと伝えろ。この屋敷は担保になっている。明け方にでもバウマン商会の奴らがくるぞ。早く行動を起こせ。あと厩番（うまやばん）に屋敷の裏口に馬車を二台用意しろと伝えろ」

バウマン商会の人間は金儲けのためならば、手荒な行為を厭（いと）わない集まりだ。差し押さえの品も根こそぎ奪い尽くし、人でもなんでも売り払ってしまうと噂されている。敵に回せば事業を続けることなど不可能に近くなるのだ。

執事に使用人の退去を言いつけたあとに向かったのは、秘書の部屋だ。

「おい！　フランツ、起きろ！」

ドンドンと激しく扉を叩けば、目を擦りながら秘書がでてくる。

「会長……なんでしょうか？」

「バウマン商会との取り引きで不渡り券をだしたようだ」

「な、なんですって⁉　いったいどうして？」

「先に金山開発の投資金がでて、バウマン商会のところの資金が足りなくなったようだ」

「な……⁉　金山の投資金が下ろされるのはまだ先では⁉」

「経理が日にちの指定をやりそこなったようだ」

「まさか、そんな！」

アルフォンソはすべての資金を銀行省に預けているわけではない。取り引きに必要な金額だけ、余裕を持たせて預けている。なぜそのような危ない資金繰りをしているのかといえば、深い理由がある。

六十年前に起きた内戦で一番に襲われたのが、当時ダンシェルマイア公爵家が運営していた銀行省だった。襲われた際に金庫の中身は荒らされ、その大半を失った。奪われた金は、戻ってこなかった。同じような事件が起こることを警戒し、財産のすべてを預けていなかったのだ。

日々、経理には銀行省にある金の管理はしっかりしておくようにと口を酸っぱくして注意していたが、不渡りをだしてしまうとは。しかし、これも想定済みである。

人生、何が起こるかわからない。アルフォンソは、最悪の事態を常に考えていた。

アルフォンソは封筒に入った分厚い書類の一式を、秘書に押しつける。

「これは使用人と従業員の名簿と私の私財と商会の権利書だ。半分は従業者全員の退職金にして、半分はお前が使え」

「なっ⁉ あ、にい、待ってくだ――」

「裏口に馬車を用意している」

「あの、会長！ どうして？」

秘書の言葉を最後まで聞かずにアルフォンソは次の部屋へと向かう。ノックもせずに入ったのはひとり息子、ジルヴィオの部屋だ。ぐっすり眠っているジルヴィオの体を、起こさないように優しく抱きあげる。

「う～ん。……くまた～ん」

「く、くまたんだと⁉」

ジルヴィオの寝台にはくまのぬいぐるみが五つ鎮座していた。これはアルフォンソがジルヴィオの誕生日のたびに職人に作らせている品だった。寝言とはいえ息子の言葉を無視できなかったので、近くにあったくまのぬいぐるみを摑んで部屋をでる。

次に向かったのはジルヴィオの隣の部屋。扉を叩くと、すぐに返事があった。

「アルフォンソ様？」

扉を開いて顔をだしたメルセデスは、ジルヴィオとくまのぬいぐるみを抱える夫を何事かと見あげる。

「今すぐここを発つ」

部屋に入ったアルフォンソは勝手にクローゼットを開いてメルセデスに向かってコートを投げて寄こした。そしてもう一枚毛皮の外套を取ると、息子の体に巻きつけ防寒対策をする。

「アルフォンソ様、いったいどうしたというのです？」

「バウマン商会との取り引きに失敗した。お前も騎士をしていたから名前くらいは知っているだろう？」

「はい。哨戒隊に在籍していたときに、何度か騒ぎを収めに行ったことがあります」

バウマン商会の悪名は国内でも有名だ。暴力で問題を解決することが多々あり、商会連合からも疎まれている。アルフォンソも一刻も早く手を切りたいと思っていたが、ベルンハルト商会はバウマン商会の手を借りて作ったものだった。そのため、なかなか古くから続く関係を解消できずにいたのだ。

「隣国の南の地に家を持っている。しばらくはそこに姿を隠さなければならない。そこでの生活はこの宝石を売ればしばらくなんとかなるだろう」

アルフォンソはジルヴィオを抱いたまま、両手に嵌めていた宝石をメルセデスに見せた。このように常に宝石を身に着けていたのは、もしも何かが起きたときに身ひとつで逃げることを可能にするため。趣味で嵌めているわけではなかった。

「もしも、この家に戻れないような事態になっても、お前と息子のふたりくらいはなんとか働いて養える。だから心配は要らない」

「アルフォンソ様、私はここに残ります。足手まといになりますので」

「何を言っているんだ！　いいからついてこい」

アルフォンソはメルセデスの手を取って歩きだす。そして扉を開いた先には――。

「旦那様、お疲れ様です！」

「はあ!?」

目の前には満面の笑みを浮かべる執事と、疲れた顔をした秘書の姿があった。

「お前、どういう、こと、だ？」

「嘘です、嘘。不渡り券はでていません」

「銀行省からの警告文は？」

「あれは、よくできた偽物です。こんな深夜に、知らせが届くわけがないでしょう」

「クソ、お前という奴は……！」

片手に息子を抱き、片手に妻の手を握っているアルフォンソは状況を正しく理解できないで呆然としていた。

「旦那様、今日は嘘をついても許される日ですよ？」

国の暦によれば、本日は〝嘘つきの日〟とされ、軽い嘘なら咎められないと定められた日だった。

アルフォンソは、執事の悪びれない言葉を聞いてぶるぶると怒りで震える。それを発見した秘書は、ジルヴィオに被害が行かないように避難させた。

「いやあ、意外でしたね。旦那様は自分だけ逃げるのかと思っていましたが、坊ちゃんと奥様までお連れになるなんて」

「おい、どうして、このような愚行を働いた？」

「え？　だって常日頃から危機感を持てっていうのは旦那様の口癖でしょう？　これは訓

練ですよ」

「この、ばかが！」

「これで本当に不渡り券がでても安心ですね」

「絶対に許さん。お前は解雇だ！」

「はいはい。わかりました」

執事が飄々としているのを見て、アルフォンソは何を考えているのかと不審に思う。

「お前は、どうしてそこまで調子に乗れる？　私は今、お前を解雇したのだぞ」

「調子に乗るも何も、今日は嘘をついていい日ですからね」

アルフォンソの解雇宣言は嘘だと言いたいのだろう。あっけらかんと言うので、呆れ返った。

「それでは旦那様、奥様、おやすみなさい。よい夜をお過ごしくださいませ」

「お、おい、待て！」

執事を追おうとしたがばかばかしくなる。閉められた扉を蹴って、鬱憤を発散させた。

「アルフォンソ様？」

背後から名前を呼ばれ、メルセデスの手を握ったままになっていたことに気がつく。慌てて、手を離した。

「アルフォンソ様、ありがとうございます」

「なんの話だ？」

「何かあったら、私も、連れていってくださるのですね」

アルフォンソは自身の行動に首を傾げた。

血の繋がった息子とは違って、メルセデスは書面上で繋がっただけの家族。別に連れていかなくとも、彼女が子爵家に逃げ込んだら身の安全は保障される。それなのに、バウマン商会との取り引きで不渡り券をだしたと聞いて、大切なものだけ持って逃げようと思ったとき、息子だけでなく妻の手も握っていた。

「私は、いったい、何を？」

「アルフォンソ様？」

至近距離にメルセデスの顔があり、驚いて身を引いてしまった。照れ隠しをするように、アルフォンソは叫ぶ。

「ち、違う！　お、お前をわざわざ連れていこうと思ったのは……し、子爵家の支援を受け取るためだ！　お前が貴族でもなんでもない普通の娘なら、一番に置いていっていた！」

「さよう、でしたか」

「そ、そうだ、そうに決まっている！」

心にもない言葉を言いきってから、アルフォンソは酷い罪悪感に苛まれる。メルセデスもいつものように無表情で聞いていたが、どことなく傷ついているようにも見えた。

さっさとこの気まずい空間から逃げてしまおう。そう思ってでていこうとしたが、執事が外側から鍵をかけていたようだ。足先を強打して悲鳴をあげる。

この部屋は内側からも鍵が必要となる。すぐに、扉は開かない。

「アルフォンソ様、大丈夫ですか？」

「う、うるさい！　早く鍵を持ってこないか！」

喉が嗄(か)れるほど、叫んでしまった。

こうして足の痛みと苛立(いらだ)ちを抱えたまま寝室へと帰ったアルフォンソは、手にしていたものを思いっきり寝台の上に投げつけて憂さ晴らしをする。

「……？」

今、自分は何を投げたのだろうと不思議に思って寝台の上を見ると、息子のくまのぬいぐるみがあった。ずっとくまのぬいぐるみを無意識に抱いていたなどと知らなかったアルフォンソは、羞恥に震えて頭を掻き毟る。

そしてこのくまがちょっとした事件を起こすとも知らずに、いつもの如(ごと)く浅い眠りについた。

翌日――外は曇り。

新聞紙を広げて読むアルフォンソに、手帳に一生懸命何かを書き込む秘書、酷く眠そうな執事と、いつもとは少しだけ違う朝だった。

堂々と欠伸をする執事を、アルフォンソは睨む。もちろん、執事は気づかない。

今日こそは何も起こらない一日であるように、とアルフォンソは心の中で祈っていたが、その願いは叶わなかった。

いつものようにメルセデスと手を繋いで現れたジルヴィオは、今にも泣きそうな顔だった。執事が傍に寄り添い、優しい声で話しかける。

「おや、どうかしたのですか？　坊ちゃん」

「じ、実は……ぼくのくまたんが一匹いなくなっているのです」

「そ、それは大事件ですね‼」

ぬいぐるみの紛失話にわざとらしく驚く執事に、新聞紙の両端をぎゅっと握り締めて反応を示すアルフォンソ。心当たりはあるが顔にださないメルセデスに、なんの話かわからない秘書。さまざまな反応をする中、ジルヴィオだけが落ち込んだ顔を見せていた。

「昨日の夜はいたのです。毎日寝る前にきちんと五匹いるかを数えますから」

「それは不思議ですね‼」

「はい。母上とお手伝いさんにも一緒に探してもらいましたが、ぼくの部屋にはいないようです」

「ほう！」

アルフォンソの新聞紙を握る手がぶるぶると震える。

「ジルヴィオ、まずは食事をしましょう」

「あ、はあい」

ジルヴィオのくまはアルフォンソの部屋に転がっている。それを今言うべきか、それとも黙っていて夜にでも忍び込んでこっそり返そうか。アルフォンソは真剣に考える。

新聞紙で息子の姿は見えないが、くまのぬいぐるみの心配をするジルヴィオの声色は寂しげだ。

「くまたん、ぼくのところにいるのが、嫌になったのでしょうか？」

ジルヴィオの言葉に、メルセデスが優しく諭した。

「そんなことはありませんよ。もしかしたら旅にでているのかもしれませんね。少し待っていたら帰ってきますよ」

「どこに、行ったのでしょうか」

「帰ってきたら聞いてみましょう」

メルセデスは子どもの扱い方が思いのほか上手い。ジルヴィオは人見知りをしないので仲良くなっているものだと思っていたが、それだけではなかったのだろう。メルセデスはジルヴィオの心に、寄り添ってくれているようだ。

結局罪の告白もできぬまま、朝食の時間は終わる。

使用人が食器を下げる中、いつの間にかいなくなっていた執事が部屋に戻ってきた。

「皆さん、少しだけお時間をよろしいでしょうか？」

「エリアスくん、どうかしたのですか？」

「たった今、坊ちゃんの部屋の捜索をして参りました。やはり、くまたん様は坊ちゃんの部屋におりませんでした。しかしながら、私は動かぬ証拠を寝台の上で見つけたのです」

折角メルセデスがいい感じに気を逸らしたのに、余計なことをしてくれる。アルフォンソは執事を睨みつけるが効果なし。見ない振りをされてしまう。

執事は胸ポケットからあるものを取りだす。それは透明の小さな袋だった。中には数本の毛髪が入っており、これが動かぬ証拠だと言う。

「この抜け毛の持ち主こそがくまたんを連れ去った犯人です！」

「エリアスくん、それはぼくの髪の毛ではありませんか？」

「いいえ。これは坊ちゃんの髪の毛ではありません」

透明な袋の中に入っているのは金色の髪だったが、ジルヴィオの髪色よりも薄いので別人のものだと執事は主張する。

「私の推理ではこの毛髪には艶がなく、精根尽きる前の髪のように思えます」

執事の言葉を耳にしたアルフォンソは、額に青筋を浮かべる。だが、ジルヴィオがいる手前、怒鳴るわけにはいかない。執事は続ける。

「おそらく、三十代後半くらいの、抜け毛の激しい男性の髪の毛かと。その条件に当て嵌まるのは――旦那様と使用人のクリストのふたりになりますね」

アルフォンソは新聞紙を握り締め、怒りでぶるぶると震えていた。もう、誰が見ても犯人は丸わかりだった。だが、当のジルヴィオはピンときていない。

「エリアスくん、探偵さんみたいです」

「おや、バレてしまいましたか？　実はここにくる前は探偵業を生業にしておりまして」

「ええー！　すごいです」

執事、エリアス・ブライトクロイツとは、アルフォンソと長年付き合いのある伯爵家の三男だ。頼むから引き取ってくれと父親から乞われ、半年前に執事として雇うことになった。今年で二十四歳になり、以前は無職で女遊びばかりしていたという、呆れるくらいの駄目人間である。探偵をしていたというのも嘘だ。伯爵家という生まれは素晴らしいものであったが、ふるまいなどは極めて適当でアルフォンソはまったく信用していない。

「お前はまた、適当なことを」

「ん？　旦那様、くまたんの行方をご存知で？」

痛いところを突いてくる。アルフォンソは、顔を背けた。

「話を戻しまして、クリストに事情聴取をしましたが――おっと」

推理を再開しようとしているところに食堂の扉が叩かれた。別の使用人がやってきたようだ。執事は扉を開いて、何事かと話を聞く。

「え⁉　くまたんが、ええ、はい、はい……まさか‼」

扉の外で話をしていた執事が戻る。その片手にはくまのぬいぐるみがあった。

「くまたん、くまたんだあ！」

使用人の話によると掃除をするためにジルヴィオの部屋に入ったところ、寝台の上にくまが戻っていたという。

「どうやらくまたん様は旅にでていたようで」

「やっぱり母上の言っていたことは本当だったのですね！」

「ええ、坊ちゃん。奥様の言う通りのようです。見てください」

執事はもう片方の手に隠していた包みをジルヴィオに差しだした。それは、アルフォンソにとって見覚えのある品である。いったいなぜ、彼が持っているのか。首を傾げているところに、執事がとんでもないことを口にした。

「くまたん様と一緒にあったようです。お土産(みやげ)では？　こちらは奥様の分みたいですね」

「お、おい！」

「ああ、旦那様はいい子じゃないので、ないみたいです」

「お前……！」

執事が渡した土産は、先日アルフォンソが取り引きのためにでかけた先で購入した品だ。買ってきたのはいいものの、ずっと渡せないままだった。それを執事は勝手に持ってきて、勝手にくまの土産の品にしてくれた。

「わあ、なんだろう？　開けてもいいですか？」

「どうぞ」

執事が言うな！　という言葉を必死に我慢して、アルフォンソはすっかり皺だらけになった新聞紙を読む振りを再開させる。

「わ、すご〜い！　船のおもちゃです。えっと、ば、る、り、ん、ぐ、ごう。バルリング号って名前の船みたいです！」

「バルリング号、港町ブルーメと帝国を結ぶ客船ですね」

「母上はこの船をご存知なのですね」

「ええ。一度護衛任務で乗船したことがあります」

「わあ、では海を見たことがあるのですね！　いいなあ……」

結婚前にメルセデスに約束させた外出をしてはいけないという決めごとを、アルフォンソは息子のジルヴィオにも強いている。彼は同年代の友達もいなければ、外の世界もあまり知らない。メルセデスが「自分は外出をしなくても構わないが、ジルヴィオだけは外に遊びにだしてくれませんか？」と頼んだこともあった。

その願いは、もちろん却下である。そのとき、無下にしたのがよくなかったのか。メルセデスは勝手にジルヴィオを連れて外出してしまった。

そんな彼女を必要以上に責めたことは、アルフォンソの心のわだかまりとなっている。

けれども仕方がない。絶対に、外に連れだすのは賛成できなかった。

いまだに外出してはいけない理由を、メルセデスに話せずにいる。まだ、時間が必要だった。

「くまたんありがとう！　船、とってもかっこいいね！」

ジルヴィオは貰った船を嬉しそうに見つめながら、くまのぬいぐるみに丁寧に感謝の言葉をかけていた。

「そういえば、母上のお土産は何が入っていましたか？」

「え？　ああ、そうですね」

ジルヴィオに言われて、メルセデスは贈り物を開封する。

鎖の先に小さな白い貝殻がついた首飾りが収められていた。執事が目の色を変え、覗き込む。

「やや、それはブルーメ港の名物、宝珠貝の首飾りですね」

「宝珠貝、ですか？」

「ええ。ブルーメ近郊で取れる有名な貝ですよ」

それはブルーメの海深くに生息し、稀に漁獲される深海魚の腹の中からしか取れないという貴重な貝だ。一週間以上職人が磨きあげ、首飾りや指輪などの宝飾品として加工する。真珠のような滑らかな光沢を持つ貝の首飾りを持ちあげ、メルセデスは淡く微笑んだ。初めて見る表情を前に、アルフォンソは目を見張る。こういう品に、興味がない女だと思っていたのだ。

「いやはや、くまたん様は、いい趣味をしていますね」

執事は明らかに、アルフォンソのほうを見ながら言っている。我慢できなくなったアルフォンソは叫んだ。

「おい、そろそろ黙らないか！」

「うるさい！」

「旦那様、自分はお土産を貰えなかったからって拗ねないでくださいよ」

「あ、あの、父上が先に、このお船で遊びますか？」

「いや、大丈夫だ」

「そうですか」

失礼な執事を前に我慢の限界となって、ついつい怒鳴ってしまった。息子に気を遣われてしまったアルフォンソは、心の中で反省する。

「おや、坊ちゃん、そろそろ診察の時間ですね」

「あ、はあい」

「おい、どこか悪いのか？」

「いえー、昨晩少し咳き込んでいたので、先生に診てもらおうと。熱はないですよ」

ジルヴィオは使用人に連れられ、部屋に戻る。食堂に残ったメルセデスは、遠慮がちに

アルフォンソのほうを見ていた。

「なんだ？」

「その、首飾り、ありがとうございます。とても、綺麗です」

メルセデスは宝珠貝の首飾りの贈り主が、わかっていたようだ。

カーッと、顔が熱くなっていくのがわかる。これまでにない羞恥心に、襲われていた。

「アルフォンソ様、どうかなさいました？」

「か、勘違いをするな！　お前みたいな女には、その、安っぽい首飾りがお似合いだと思ったから、買ってきてやったのだ！」

執事の「あーあ」という声だけが食堂に響き渡った。空気は一瞬にして冷たくなる。

「さよう、でしたか」

アルフォンソはメルセデスの冷たい視線を受けながら、手にしていた新聞紙をぐしゃぐしゃに丸めて執事に投げつける。その勢いのまま、退室していった。

秘書はいつものように平謝りをする。さらに、手をつけていないアルフォンソのパンを

ひとつ掴むと、そのあとを追いかけていく。

アルフォンソは忌々しいと毒づきながら、廊下を大股で進む。アルフォンソに追いついた秘書が、干した果実が練り込まれたパンを手渡した。アルフォンソも朝食を抜くと体が保たないので、何も言わずに素直に受け取る。

「少し早いが、でる」

「はい、承知しました。馬車の手配をしてきますので、しばらくお待ちいただければと思います」

馬車の用意を待っている間に私室に行き、棚から銀杯と果実水を取りだす。長椅子に座って秘書から貰ったパンを齧りながら、先ほどのメルセデスの様子を思いだしていた。

アルフォンソが妻に贈った首飾りは珍しい品だが、特別高価ではない。若い娘には珊瑚を磨いて薔薇の花のように加工をした髪飾りのほうが人気だと土産屋の店主は話していた。だが、メルセデスのいつも着ているような地味な装いには、あの白い貝の首飾りが似合うと思ったのだ。いつも息子の面倒を見てくれている礼に渡そうと購入したのだが、どういうふうに渡したらいいのかわからなかった。

これまで、アルフォンソが息子以外に土産を買ってきたことなどない。

初めて女性に贈り物を購入した。永遠に渡せないだろうと決めつけていたものの、思いがけないタイミングでメルセデスの手に渡った。

あのような品が喜ばれるなど想定外である。微笑みを浮かべ、首飾りを嬉しそうに眺める姿は美しかった。

メルセデスは余計な浪費は望まず、毎日ジルヴィオの面倒を見て、外出のできない生活にも文句を言わず、アルフォンソの口汚い罵倒も聞き流すという大きな器の持ち主である。アルフォンソにとって、理想の妻とも言える。

感謝したい。ささいな言葉でも、交わすようになりたい。しかしながら、素直になれなかった。アルフォンソは過去三回の結婚ですっかり女性不信に陥っている。

ひとり目の妻、アデライードという伯爵家の娘と結婚をしたのは二十一のとき。縁を結んだベルケンバウワー伯爵家は貧乏貴族で、資金の援助と引き換えに婚姻する。

始めこそ従順で大人しく暮らしていたアデライードだったが、長年貧乏という劣等感を抱いていたからか、次第に金使いが荒くなる。

周囲の言葉も無視して国内では禁じられている賭博に嵌まり、朝方まで遊び呆ける日も珍しくなかった。挙げ句の果てにアデライードは勝手に商会の金にも手をだした。すぐに発覚し、一年にも満たない結婚生活はあっさりと終わりを告げる。

そんな最悪な結婚もアルフォンソにとっては悪いことだけではなかった。アデライードの愚かな行いをネタにしてベルケンバウワー伯爵家に圧力をかけ、貴族間の人脈を広げることに成功した。

ふたり目の妻カトラインは、父親の代から取り引きのあるボルヒャルト商会の娘だった。黒い噂が絶えない商会だったので、アルフォンソ個人としては婚姻関係を結ぶのは遠慮したかった。だが、やはり古くから続く関係を断ち切ることはできずに、商会長に言い負かされる形で結婚する。

花嫁となったカトラインは十六歳。当時二十五歳だったアルフォンソには子どもにしか見えなかった。それでも書面上とはいえ、夫婦となれば初夜は必ず訪れる。二十五歳という若さながら、当時のアルフォンソは働きすぎて性欲が減退していた。それに体の薄い痩せ細った少年のような女性など抱く気にもなれない。

妻の注いだ酒を飲みつつ、このまま眠ってくれないかと考えていた。

幼少時に毒殺されかかったアルフォンソは、銀の匙で調べるとき以外は銀杯の中の液体にしか口をつけない。

酒は木製の杯に注がれていた。もちろん、それを飲み干すつもりはなかったが、折角の好意を無駄にしてはいけないと思って、口をつける振りをして酒の入った杯を机の上に置く。それから一言二言会話をして、寝台のほうへのろのろと歩いていく。

その瞬間、背中に衝撃を感じた。燃えるような痛みは、刃物による攻撃だった。アルフォンソは背中を刺されていたのだ。

背中の短剣は深く刺さっておらず、すぐに抜かれた。振り向き様にアルフォンソが見たのは、短剣を持つカトラインがすさまじい形相をしながら、再び得物を振りあげていた姿だった。

二回目の刃は首元を軽く掠め、三回目は空振りに終わる。だが、バランスを崩したアルフォンソは寝台に倒れ込んでしまった。

喉からせりあがった血を吐き出しながら、遠のいていく意識の中で「ろくな人生でなかった」と自らを嘲りつつ四回目の短剣を腹に受ける。

揉み合いをする中で上半身がはだけてしまったカトラインの体は、女性のものではなかった。少年のような女性ではなく、本当に少年だったのだ。

ボルヒャルト商会は使用人の息子をカトラインの代わりに送り込み、アルフォンソの暗殺を企てていた。すべては代替わりをして莫大な儲けをだした、ベルンハルト商会を潰すための計画だったのだ。酒には毒が仕込まれており、用心のためにナイフで突いたのだろう。暗殺者に仕立てられた少年は窓から逃走を図るが、外に配置されていた見張りに拘束される。使用人によって発見されたアルフォンソはまだ息があった。早急な治療を施され、奇跡的に一命を取り留める。

アルフォンソは傷も回復しないうちに、ボルヒャルト商会への制裁を計画する。元より黒い事業を展開していた商会を、追い込むのは赤子の腕を捻るより簡単なことだった。

こうしてボルヒャルト商会の不正を暴いて倒産へと追い込み、彼らがしていた商売も引き継いでベルンハルト商会はさらなる利益を得ることとなる。

もう結婚などこりごりだと思っているところに三度目の結婚話が転がってくる。今度はアルフォンソの商会の顧客である富豪の娘だった。その頃のアルフォンソは三十代になっていた。そろそろ世継ぎが必要では？　と周囲から突かれていた頃で、不承不承受ける。

婚姻関係を結んだテレサという女性は二十歳と若く、大人しい娘だった。美しい部類に入る容姿だったが、常に怯えたような態度で、弱々しくか細い声はアルフォンソを何度も苛つかせた。

一刻も早く世継ぎを。そう思って努力を重ねた結果、半年後に待望の長男ジルヴィオを授かり、無事に生まれた。

ベルンハルト家は祝福に包まれていたが、妻のテレサは乳がでないからと育児を放棄。体の調子が戻った途端、館に出入りしていた男と駆け落ちしてしまった。

報告を受けたとき、ジルヴィオを置いていったことを感謝したくらいで、それ以外にアルフォンソは何も思わなかった。

三回目もタダでは起きない主義のアルフォンソは、顧客であったテレサの父親にさまざまな品を半永久的に売りつける契約を結び、ベルンハルト商会はさらなる発展を遂げた。

今までの結婚を思いだしたために食欲が消え失せる。食べていたパンは半分しか喉を通らずに、机の上に置いてため息をつく。

メルセデスもきっとそのうち自分を裏切るだろう。アルフォンソは弱みを見せることはできなかった。

けれども、メルセデスが真面目で慈悲深く、高潔な精神を持ち、正義感が強い人物であるというのは騎士だった職歴からも見て取れる。

わかっていても、心がついていかない。アルフォンソがメルセデスと過ごした時間はまだ半年というごくわずかの期間。それにほとんど休みもない状態で、互いが理解を深める時間はないに等しい。

——もう、なんでもいいから裏切ってくれ。私は早く楽になりたい。

他人を疑うことに疲れてしまったアルフォンソは、メルセデスが今までの妻同様に裏切ることを望んでいた。

そうしてくれたら、胸の中にある正体不明の煩わしい感情も消えてなくなると思っていたからだ。

秘書が馬車の用意ができたと呼びに戻ってくる。アルフォンソは仕事にでかけた。

かび臭く、薄暗い部屋に十代半ばくらいの少年がいた。全身を縄で縛られ、埃(ほこり)だらけの

床の上に半日以上寝かされている。目の前では薄汚い格好の男たちが酒盛りをしていて、少年を気遣う者はひとりもいなかった。

この場所にくるまでに叫びすぎて喉は嗄れ、口元も布を巻かれて喋ることも許されず、頬は涙で濡れて乾くことはない。

少年がこのような状況になるのは四度目で、父親が経営する商会が繁盛を始めた頃から、ならず者に襲われることがあった。

一度目の誘拐以降護衛をつけるようにしていたが、あまり意味はなかった。

一度目は学校帰りに、二度目は買い物の途中に、三度目は馬車を襲撃され、四度目となる今日は母親の病院に見舞いに行った帰りに誘拐された。護衛は目の前の男たちに襲われ、生死は確認できていない。もう少しすれば父親が身の代金を用意してくれる。少年は泣きながらも、絶望はしていなかった。

一時間後、一通の手紙を持った男が現れる。

「おいおい、聞いてくれよ」

「どうしたんだ？」

「このガキの親父から手紙が届いたんだけどよ」

身の代金は用意できない。手紙にはそう記されていた。

「違うガキを連れてきたんじゃないのか？」

「いんや、こいつで間違いないさ。ただ、こんなふうに誘拐されるのは四回目だからキリがないってさあ」

男は少年の口を覆っていた布をはずして、残酷な内容が記された紙を見せた。

「おい、親父の字に間違いはないいな?」

「う、嘘、です、そんな、はず、は……!」

目の前にだされた手紙は、父親が書いたもので間違いなかった。

「はは、お前見捨てられてやんの! 商会は愛人の子どもが跡を継ぐってさ!」

「な⁉ ばかな、そんなわけ、ない」

「ほらあ、ここに書いてあるだろう?」

下卑た笑い声をあげる男は丁寧に該当箇所を指で示す。確かに商会は、愛人の子どもが継ぐと書かれていた。

「あ、あの子は、父親の血を継いで、いません、母親が、不貞をして作った——‼」

少年は突然男に腹を蹴られ、汚い言葉で罵倒された。

そして、男たちの下品な笑い声を聞きながら、意識を失った。

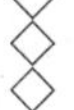

「――ちょう。会長！」

秘書の声でアルフォンソは目を覚ます。

昨晩の執事が起こした騒ぎのせいで睡眠不足となり、移動中の馬車の中で居眠りをしていたようだ。窓の外を見ると、目的地に着いていた。眉間を揉み解し、眠気を払おうとするが、意識ははっきりとしない。

「うなされていましたが、何か悪い夢でも見ていたのですか？」

「夢？　いや、覚えていない」

なんだか夢を見ていた気もするが、思いだせなかった。心の中は不可解なわだかまりがあるようで気持ちが悪い。秘書の言う通り、何か悪い夢でも見ていたのだろう。

馬車から降りた先にある三階建ての建物は、アルフォンソの商会の本拠地。一階は宝飾店で二階が事務所、三階が働く者たちが住む場所となっている。

「会長、大丈夫ですか？　取り引きに行くまで三階で仮眠を取ります？」

「いや、問題ない」

「そうですか。辛くなったら、おっしゃってくださいね」

万全ではない体を引きずって、アルフォンソは事務所へと上がった。

「会長、午後からの取り引きの資料を、もう一度確認させてください」

「資料は鞄の中にある」

アルフォンソは秘書の言う書類の場所を示そうとして、固まる。そういえば朝、私室に書類を取りに行って、机の上に置いたままになっていたことを思いだした。

「すまん、資料は家だ」

「そうでしたか。では、今から取りに行ってきますね」

「いや、私も行ってそのまま取引先へと向かおう」

「承知しました」

やはりしっかりと睡眠を取って、食事も取らないと頭が働かない。なんてことを考えつつ、部下にアレコレ指示をだしてから、家に戻った。

第三章　成金商家の妻は、暗闇の中から光を見つける

メルセデスは慣れないドレスをまとい、落ち着かない気持ちを持て余す。

そんな彼女を絶賛するのは、お調子者の執事であった。

「このような派手な服を難なく着こなすとは、本当に素晴らしいです、奥様！」

メルセデスはアルフォンソの言う通りに服装を改めた。

先ほど注文していた服が届き、折角だからと侍女が着付けてくれたのだ。

本日の装いは、黒いレースがふんだんにあしらわれた真っ赤なドレス。それに、大粒のダイヤを用いた豪奢な首飾りを合わせる。

漆黒の髪は熱したコテで巻かれ、頭の高い位置でひとつにまとめていた。

「そうですね、名づけるならば〝意地悪な継母〟と言ったところでしょうか！」

それは、褒め言葉でもなんでもない。

メルセデスは執事に冷たい視線を送りつつ、発言の数々を無視していた。

執事もメルセデスの冷え切った眼差し(まなざし)を気にすることなく、ひとりで喋り続けている。

「しかし本当に残念です。奥様のお隣にいらっしゃる坊ちゃんが不幸そうな顔をしていれば、〝金目当てに結婚した継母と、いじわるされる継子〟という構図として完成されていたのに!」

意味のわからないことで、執事は残念がっていた。一方で、ジルヴィオは満面の笑みを浮かべている。

「おや、坊ちゃん、ご機嫌ですね。今から何かされるのですか?」

「はい。クッキーを作るのです!」

「へえ、奥様がお菓子作りをするなんて意外ですね」

「厨房(ちゅうぼう)の者が作ったクッキー生地を型抜きするだけです」

「そうでしたか。奥様はその格好でされるのですか?」

「いいえ、今から着替えようと」

「それはもったいない! 折角なので、私に向かって何か一言、上から目線で罵倒を」

「お前は、何をばかなことを言っているのか!」

アルフォンソの声が聞こえ、メルセデスは驚いて振り返る。

扉が開いていたので、部屋の会話は廊下まで筒抜けだったようだ。メルセデスは額に手を当てて、ため息をひとつ落とす。

次の瞬間には、自分が派手な装いであることに気づいた。そっと、気配を消す。

執事は揉み手をしながら、アルフォンソに話しかける。

「ああ、旦那様。いつの間にお帰りに？」

「今さっきだ。それにしてもお前はこんなところで油を売ってからに！」

「旦那様に罵倒されたいわけではなかったのに」

「だからお前は、何を言っているのだ！」

アルフォンソの帰宅を聞きつけ、ジルヴィオが嬉しそうに駆け寄った。

「父上！」

「おい、走り回って大丈夫なのか？」

「はい！　もう熱はありませんし、咳も出ていません」

多少喉が腫れてはいるが、大事を取るまでもないという。熱もないので、こうしてメルセデスと一緒にいたというわけである。

「父上はこれからまたお仕事ですか？」

「ああ、帰りはいつもとおなじ時間になる」

「そうですか」

「アルフォンソ様、少しよろしいですか」

メルセデスに驚いたのか、アルフォンソは一歩下がってしまう。気配を消していたので、メルセデスの存在に気づいていなかったのだろう。

「な、なんだ、その格好は⁉」

「アルフォンソ様が、格好を改めるようにとおっしゃったので、明るい色を選んだのですが」

「それは、明るいというより、きつい色合い——いや、なんでもない」

アルフォンソは自分が変えろと言った手前だったので、何も言えなくなったのだろう、その代わり、「チッ！」と舌打ちされる。

悪い人ではない。むしろ、いい人である可能性もあった。

けれども、それを確認する術はなかった。

どうすればいいのか。考えるが、答えはいまだ浮かんでいない。

「アルフォンソ様、その」

「話はあとで聞く」

「いえ、あ、あの——！」

少し、顔色が悪いような。

なんて言葉を伝える前に、アルフォンソは部屋からでていった。

ほんの少しの会話する時間すら、許されていないようだった。

アルフォンソはぐったりと疲れた状態で帰宅する。

まだ仕事は残っているのに、風呂に入ったあとそのまま寝台に転がってしまった。

ただ、眠れない。

体は疲弊しているのに、目を閉じても時間だけが過ぎていく。

ゴロゴロと寝返りを打っているうちにいつの間にか微睡(まどろ)んでいたが、自分の咳き込む声で目が覚めた。

額には冷たく濡れた布が当てられている。

気持ちがいいと思った瞬間、いったい誰がと疑問を抱いた。同時に、人の気配を感じる。

「だ、誰だ⁉」

「メルセデスです」

「お、お前は、何を⁉」

「少しだけ熱があるようなので、濡れタオルを持って参りました」

アルフォンソの傍にいたのはメルセデスだった。

なんでも昼間に会ったときにいつもより声が嗄れていたので、心配して様子を見にきたのだという。

「帰宅一番に様子を伺おうと思っていたのですが、ジルヴィオを寝かしつけている時間でして、遅くなりました」

「私のことはいいから、もう寝ろ」

「はい。ですがその前に」

部屋の灯りは消されていて、唯一の灯りはメルセデスが持ってきていた魔石灯だけ。

そんな中でメルセデスは机の上に置かれた何かを摑み、ゴソゴソと作業を始める。

「おい、何をしている？」

「蜂蜜です。執事から、アルフォンソ様は体調を崩してもお薬を飲まないと聞きました。ですので、喉の炎症を緩和する効果のある蜂蜜を持って参りました」

「要らん」

「駄目です。口を閉じてください。唇に塗って、少しずつ舐めるのです」

「断る。そんなべたべたしたものを口に塗るなんて、気持ち悪い」

聞いてみたら、このような処置はメルセデスが子どもの頃に母親がしてくれたものだという。彼女の母親は平民生まれで、子どもに関することはなんでも自分でしていたらしい。

「では、私が蜂蜜を指先で掬うので、舐めてください」

「は⁉　ど、どうしてお前の指を舐めなければならないんだ！」

「舐めるのは私の指ではなく蜂蜜です」

「う、うるさい！　それくらいわかっている！」

「では、アルフォンソ様がご自分の指で蜂蜜を掬って舐めてください」

「自分の指を自分で舐めるとか、余計に気持ちが悪いわ！」

いくら蜂蜜は要らないから帰れと言っても、珍しく引かなかった。

濃紺の双眸に責められるようにじっと見つめられ、アルフォンソも諦める。

「わかった。匙で掬って食べる」

「承知しました」

アルフォンソは額の濡れタオルを取り、渋々起きあがる。

「早く寄こせ」

はい、というメルセデスの返事と共に差しだされたのは、蜂蜜を掬った状態の匙だった。

「アルフォンソ様、口を開けてください」

「な、じ、自分で食べる」

「蜂蜜が垂れてしまいます、早く、舐めて」

メルセデスの勢いに負け、アルフォンソは差しだされた匙を口に含んだ。

その瞬間、違和感を覚える。

メルセデスの手首を摑んで引き、口の中にあったものを確かめた。

驚いた瞬間、蜂蜜はごくんと飲み込んでしまった。

「ウッ！」

「どうかなさいましたか？」

「なぜ、銀の匙を持ってこなかった？　私は銀の匙しか口にしない！」

「銀の匙だけを？　まさか、毒を警戒しているのですか？」

言ったあとで、しまったと後悔をする。

毒を警戒して銀食器しか使わないというのは誰も知らない事実。それをうっかり口にしてしまった。

カトラリーを銀で揃えるのは、富裕層にとっては豊かさの象徴である。だが、メルセデスはすぐに毒の可能性に勘づいた。

「どうして、気づいた？」

「毒殺事件は、毎月のように騎士隊に通報がありましたから」

上層部からの指示で対策には銀器を、という助言をしていたらしい。

「アルフォンソ様、ご安心ください。蜂蜜に、毒は入っておりません」

そう言ってメルセデスは蜂蜜を、先ほどアルフォンソが使った木の匙で掬って食べた。

「な、何をしているのだ⁉」

「木の匙⁉」

「毒が入っていないという証明を」

「そうではなくて、それは私が使った匙……！　いや、なんでもない」

「銀の匙を持ってきますか？」

「いや、いい」

慌てているのは自分だけで、メルセデスは落ち着き払っている。アルフォンソは何をしているのかと、自分のことながら呆れてしまった。

もういいから帰れと手を振って追いだそうとするが、メルセデスは動こうとしない。

「蜂蜜、一気に飲み込みましたよね？　口の中でゆっくり舐めなければ意味がありません」

信じがたい気持ちで、メルセデスを見る。

彼女は、蜂蜜を掬った匙を再びアルフォンソのほうへと差しだしていた。

「アルフォンソ様、口を開いてください」

「そ、それはさっきお前が咥えた匙じゃないか！」

「新しい匙を持ってこなくてもいいと言ったのは、アルフォンソ様です」

「うるさいわ！」

文句を言うために大口を開けたアルフォンソに、メルセデスは容赦なく蜂蜜を掬った匙を入れた。

「ゆっくり、ゆっくり、時間をかけて舐めてください」

迫力のある懇願に、アルフォンソは逆らう力もなくなっていた。言葉通りに従うしかなかった。

結局、メルセデスはアルフォンソがしっかり蜂蜜を舐めきるまで、帰らなかった。

なんて頑固な女なのかと、呆れてしまう。

ただ、蜂蜜の効果は抜群に現れた。翌日、喉のイガイガがなくなっていたのだ。

民間療法もばかにできないなと思うアルフォンソであった。

メルセデスはふと立ち止まり、窓の外の景色を眺める。

雪はすっかり解けてなくなり、若々しい緑の芽が顔をだす季節となった。

庭を眺めながら、数日前とは異なる景色を楽しむ。

騎士をしていたときは、季節の変わり目などを気にする余裕もなかった。毎日の穏やかな日常を、かけがえのないものと思うようになっていた。

ふいに、人の気配を感じる。あの落ち着きのない足音は執事だろう。振り返らずともわかる。

「おや、奥様ではありませんか。庭がどうかされましたか?」

珍しく草臥(くたび)れた様子の執事に、なんでもないと首を振る。なぜ疲れているのかと訊(たず)ねる前に、執事は勝手に話し始めた。

「いやあ、大変な目に遭いましたよ」

執事は数日前の夜中に起こした〝不渡り券騒動〟の罰として、放置されていた物置部屋の整理を言い渡されていたらしい。

そこは長い間立ち入り禁止だった場所で、使用人の間では怪しい品が隠されているのでは? と噂にもなっていた。

だが、その実態はなんてことのない、ただの物置部屋だったという。

「そこは旦那様の父君が使っていたお部屋で、ガラクタしかありませんでした」

アルフォンソは立ち入るのが面倒だったのだろう。父親の部屋の整理を執事に任せ、中の品の処分を命じた。

「まあ、珍しい品といえばこの本くらいで」

執事は脇に抱えていた一冊の本をメルセデスに見せる。

曰(いわ)く、この本は作者と挿絵画家が権利の問題で揉め、二十年前に絶版となってしまった作品だという。

「奥様、こちらの本は坊ちゃんに渡していただけますか?」

「よろしいのですか?」

執事が女主人に頼むなどとんでもない話だったが、メルセデスはこの適当男に真っ当な人間性を求めていなかった。

それよりも勝手に持ちだした挙げ句、子ども用の童話だからとジルヴィオに渡すようにと差しだされた本のほうが問題だろう。

「大丈夫ですよ。この本は保存状態がよければ銀貨五枚ほどで好事家に売れますが、こちらは表紙も擦り切れていますし、中身も字が掠れかけているので、値段もつかないでしょう」

そういう意味ではなく、勝手に持ちだした件についてメルセデスは気にしていた。残念ながら、執事はまったく気づいていなかったが。

執事は上着のポケットから懐中時計を取りだして「もうこんな時間だ!」と言い、黒い装丁の本はメルセデスに押しつけて去っていく。

無理矢理押しつけられた本の表紙には、黒い鎧をまとった騎士が描かれていた。

中は文字ばかりで、挿絵などは数枚しか入っていない。これは幼い子どもの読むものではないと結論づけた。アルフォンソにどうするか聞いてから処理したほうがいいだろう。

そう思っていたのに、ジルヴィオに見つかってしまう。

執事が本について伝えていたようで、瞳を輝かせながら騎士が描かれた表紙を見つめていた。もうこうなってしまったら取り上げてるのも可哀想だ。残酷な記述があれば、飛ばせばいいだけ。

　長椅子に腰かけ、本を開く。ジルヴィオはキラキラとした瞳で、本とメルセデスを交互に見ていた。

「〝真暗の国の騎士と姫君〟、はじまり、はじまり」

　――むかしむかしあるところに、アウデンリードという王国があった。

　王城には若い王と妹である美しい姫、ふたりの母親である前王妃が暮らしていた。

　前王は半年前に儚くなった。

　気落ちした前王妃は病を患い、即位したばかりの王は慣れない執務に精をだしていた。

　王と十も年の離れた姫、ラインヒルデは周囲から可愛がられて育った。

　だが、父親の崩御をきっかけに家族はバラバラになった。明るかった性格も翳りを見せ、すっかり塞ぎ込んでしまった。

　元気がなくなってしまったラインヒルデ姫を可哀想に思った大臣は、世界各地を回っているという曲馬団を城に招いた。

　軽業師の見せる綱渡りや、猛獣の火の輪潜り、魔法のような手品を見せる道化師、馬術の曲芸、何を見せても姫君に笑顔は戻らないまま興行は終わる。

　ラインヒルデ姫は自室へ帰る際、老婆と擦れ違う。

老婆は異国の服をまとっており、曲馬団の一員かと思われた。

すると、老婆は突然蹲り、ラインヒルデは駆け寄って介抱した。

背中を摩りながら声をかけると、老婆はなんとか落ち着きを取り戻す。老婆は礼にと言って不思議な首飾りを手渡してきた。

——この首飾りはなんでも願いが叶うよ。

老婆はそう言っていなくなった。

ラインヒルデ姫は半信半疑だったが、心の中にある唯一の願いを口にする。

父親を生き返らせてほしい、と。

願いを口にしたあとは何も起きることもなく、やっぱり嘘だったのかと落胆する。

しかしながら、奇跡は夜に起こった。

誰もが寝静まった夜、ラインヒルデ姫は誰かが呼ぶ声で目を覚ます。声のするほうを向いてみたら、窓から死んだはずの父親が手を振っていた。

ラインヒルデ姫は本当に願いが叶ったのだと喜び、窓を開く。

けれども、父は部屋の中には入れないと言って動かない。

こちらへおいでと差しだされた手を、ラインヒルデは喜んで掴んだ。

ラインヒルデ姫は、忽然と姿を消した。

誘拐されてしまったのだ。

ラインヒルデ姫が行方不明になってから一ヶ月。

王はさまざまな場所に騎士隊を派遣して探し尽くしたが、見つからなかった。

最終的に王が頼ったのは、国では禁忌とされている呪術師だった。大金をはたいてでた結果は、姫君は〝真暗の国〟の悪魔に連れ去られてしまったのだろう、というものだった。

〝真暗の国〟とは卑しい悪魔を閉じ込めた場所で、固く閉じた門は月のない夜に開き、若い娘を攫っていくという。

王は騎士隊に〝真暗の国〟へと行くように命じたが、誰ひとりとして戻ってはこなかった。これ以上自国の騎士を失うわけにはいかず、次の派遣を最後としてとある騎士にラインヒルデ姫の救出を命じた。

その騎士の名はジークフリードといった。

彼は悪魔の化身のような黒い髪を持ち、鎧もまた黒く、まとう雰囲気さえも他の騎士とはかけ離れていた。

もちろんジークフリードが〝真暗の国〟の悪魔というわけではなく、その実態は世にも珍しい髪色を持った普通の青年だ。

王は彼なら〝真暗の国〟へ行っても目立たずに行動できるのではと考えて任命した。

そして王は王座のうしろに飾られていた剣を、ジークフリードに託す。

それは〝鏡の剣〟という国宝で、ラインヒルデ姫にアウデンリード王国の者だと証明できるものだった。

それからジークフリードの〝真暗の国〟での長い旅が始まる。

さまざまな苦難を乗り越え、姫君を攫った悪魔と対峙する。

だが、そのたびに姫君は違う悪魔に再び連れ去られ、いたちごっこは五回も続いた。

ようやく助けだしたラインヒルデ姫は、ジークフリードの手を取らなかった。それどころかジークフリードに対し、「どうせお前も悪魔だろう」と言って差しだした手を思いきり叩いてきたのだ。

ジークフリードはこのとき知らなかったが、ラインヒルデ姫は彼女を連れ去った悪魔それぞれに手酷い裏切りを受けていた。

一度目は父親に化けた悪魔に〝真暗の国〟へと攫われて——二度目は母親に化けた悪魔にいらない子どもだと罵られ——三度目は大臣に化けた悪魔に、大金と引き替えに身売りをさせられそうになり——四度目は国一番の騎士に化けた悪魔に殺されそうになって——五度目は兄に化けた悪魔にお前なんか愛してはいないと冷たく突き放された。

いずれの悪魔も「助けにきたよ」と言って手を差し伸べ、安心しきった姫を嘲笑うかのように捨て去っていった。

そんな事情もあって悪魔に容姿の似た、見ず知らずのジークフリードを端から信用していなかったのである。

王から授かった〝鏡の剣〟を見せて、王国から派遣された騎士だと言っても信用しなかった。

ジークフリードはこうなったらと、勝手にラインヒルデ姫の手を取って走り始めた。背後から聞こえる姫君らしからぬ罵倒を聞き流し、向かってくる悪魔は〝鏡の剣〟で斬り伏せる。

そして〝真暗の国〟から王国へと続く門に辿り着いたとき、ラインヒルデ姫はこの先には行かないと言いだした。

──悪魔よ、この私をさらなる恐怖へと突き落とす気だな⁉

ジークフリードは首を振って否定するが、何度も裏切りに遭った姫は簡単に信用してはくれなかった。

──お前は悪魔だ、私の前から消えてなくなれ！　もう、これ以上私を苦しめるな！

耳を塞ぎたくなるような、酷い罵詈雑言であった。

ラインヒルデ姫は誰からも愛される、優しく明るい姫だったと聞いている。

目の前の姫は悪魔に唆されて、悪い言葉使いが移ってしまったのだろうと無口な騎士は考えていた。

ラインヒルデ姫の罵倒をジークフリードは黙って聞いていた。もう、どうすることもできなかったからだ。

すさまじい勢いで口汚い言葉を浴びせていた姫だったが、次第に勢いもなくなって、その場に蹲まると、頭を掻き毟りながら囁(ささや)いた。

——悪魔は自分だ。このように疑心に満ちて、黒く染まった心は人ではない、悪魔とおなじだろう。

ジークフリードの持つ〝鏡の剣〟は、柄を握った者の心根を映すものだとラインヒルデ姫は知っていた。

目の前の全身真っ黒の騎士が握る〝鏡の剣〟は眩(まばゆ)い光を放っている。それは彼が間違いなく綺麗な心の持ち主だという証でもあった。

今までの行動を見ていても、他の悪魔とは違うということは理解できる。それなのに、ラインヒルデ姫はジークフリードを信じられなかったのだ。そんな自分は悪魔で間違いないのだと、何度も責めるようにラインヒルデ姫は言い放った。

——あなたは、悪魔ではありません。

それは初めてラインヒルデ姫がまともに聞いた、ジークフリードの声。

優しく落ち着いた声で黒の騎士は語りだす。

短い旅の中でラインヒルデ姫は黒の騎士を罵るだけだったが、時折優しさを見せることがあった。

それは毒の含まれる草をジークフリードが踏みそうになったときに腕を引いてくれたり、

また、食べられる木の実や食べられない木の実を教えてくれたり。ラインヒルデ姫が見せてくれた行動は、悪魔にはない優しさだとジークフリードは言う。

そして、再び騎士は王国に帰ろうと、手を差し伸べた。

ラインヒルデ姫はジークフリードの手を恐る恐る掴み、ふたりは無事に帰ることができたのだった。

こうして黒の騎士と共に国へと戻ったラインヒルデ姫は、自分の行動を恥じて反省し、母親の看病をしながら慎ましく暮らした。

そんな姫君の傍では、黒い鎧をまとった騎士が見守っていたという――。

「めでたし、めでたし」

読み終わったあともジルヴィオは目を瞬かせるばかり。反応はいまいち薄い。

やはり子ども向けの内容ではなかったのだと、メルセデスは本を閉じながら考えていた。

「少し、難しい内容でしたね」

「はい。よくわからないところが、ありました」

本文の中にある挿絵は三枚だけで、ジルヴィオとふたりでじっくりと眺める。

「騎士様は鏡の剣を持っていたのに、お姫様に信じてもらえなかったのでしょうか？」

「人は何度も裏切られると疑心に取り憑かれてしまうのですよ」

「ぎしん？」

「相手を信じないで、疑ったり、怪しんだりする心、です」

子どもには理解できない感情かもしれない。そんなことを思いつつ、メルセデスはジルヴィオの頭を撫でる。

彼自身、何か引っかかっているようで、首を傾げたまま固まっていた。

「でも、騎士様はお姫様とお話をしなかったから、信じてもらえなかったのですよね?」

「話を?」

「はい。騎士様は……ふわあー。なんだか、眠くなって」

時計を見ると、いつもの昼寝の時間を過ぎていた。

「ジルヴィオ、少し眠りましょうか」

本を閉じて寝室へと移動する。本については一度アルフォンソに聞かなければと考えつつ、ジルヴィオと一緒に寝転がる。

話をしなければ、信じてもらえない。その言葉は、メルセデスの心に引っかかる。

どうしてなのか、わからない。

考えごとをしていたら、いつの間にかジルヴィオと一緒に深い眠りについていた。

メルセデスは、夜遅くに帰宅したアルフォンソを出迎える。

「お帰りなさいませ、アルフォンソ様」

「お前という奴は……。私の帰りを待つなと言っているだろうが」

「お話ししたいことがございまして。どうか、お願いします」

頭を下げる。もしかしたら、また拒絶されるかもしれない。それでもいい。

今日、こうしてアルフォンソと話がしたいという姿勢を見せられただけでも、よしとしよう。なんて思っていたのに、アルフォンソはメルセデスの願いを聞き入れる。

「風呂と夕食が済んだら、呼ぶ」

「はい。ありがとう、ございます」

一時間後、メルセデスは呼びだしを受けた。

執事から押しつけられた本を持って、アルフォンソの私室へと向かう。長椅子に向かい合って座り、話を始めた。

「して、用事とはなんだ?」

「この本についてです」

本を目にするなり、アルフォンソは驚きの反応を見せていた。

「それは、どこにあった?」

「アルフォンソ様の父君の部屋にあったそうです」

「そうか、そんなところに」

アルフォンソは何かを考えるような素振りを見せて、困惑した表情になる。

だが、すぐにいつもの不機嫌顔に戻った。

「それで、この本をジルヴィオが欲しいと言っているのですが、よろしいでしょうか？」

「え？　ああ、構わないが、汚くなっているだろう？　新しいものを買ったほうがいい」

「この本は絶版らしいのです。すでに入手はできないと」

「だったら、それを渡せ」

「ありがとうございます」

メルセデスは部屋から去ろうとしたが、ふとアルフォンソの顔色が悪いような気がして、じっと観察してしまう。それだけではわからず、傍に寄って見つめた。

「なんだ？」

熱でもあるのかと額に手を伸ばしたが、即座に身を引かれてしまった。

「な、何を⁉」

「いえ、熱があるのかと思って」

「私に、触れるな！　お、お前といると、気分が悪くなる」

「さようでしたか」

顔を真っ赤にしながら早くでていけと言われたので、今度こそ退室することにした。

また今日も怒らせてしまったと反省しながら、ジルヴィオの寝室へと向かう。

魔石灯を置いて近づくと、ジルヴィオはすやすやと眠っていた。

寝台から毛布が零れ落ちていたので綺麗に被せ、床の上に落ちていたくまたちも拾ってあげる。くまの着ている服のボタンが、取れかけているのを発見した。
嫁入り道具の中に裁縫道具があった気がしたので、くまを自室へと持ち帰る。裁縫道具を開いて針に糸を通し、ボタンをつけ直すためにくまの上着を脱がせた。

「ん？」

くまの上着の裏側に何かポケットのようなものがあり、その中に白い紙が差し込まれていた。でてきたのは、誕生日の言葉が記されたカードだった。
カードの日付は四年前、ジルヴィオの一歳の誕生日に贈られたものだとわかる。
そしてそこには、短い言葉が記されていた。

——ジルヴィオへ　君の人生に光あれ。　アルフォンソ・ベルンハルトより。

それは間違いなく、アルフォンソがジルヴィオへと贈ったカードだった。

「アルフォンソ様、あなたは——！」

メルセデスは混乱する。いつも毒づいてばかりで口の悪いアルフォンソと、この息子の誕生日を心から祝うカードを書いたアルフォンソは別人のように思えた。
裁縫道具入れから鋏を取りだそうと手を伸ばしたら、一緒に机の上に置いていた〝真暗の国の騎士と姫君〟を落としてしまった。

「あ……」

床の上に落とした本を拾って持ちあげた瞬間、本文の途中にあった挿絵が目につく。

ジークフリードを恨みがましく睨みつけ、口汚い言葉で罵るラインヒルデ姫の様子を描いたものだ。

姫の足元から伸びる影は涙を流していて、信じたいけれど信じるのが怖いという二面性を表したものでもあった。

「相対する、二つの性格」

もしかするとアルフォンソもそうなのだろうかと、思案に耽るが答えはでてこない。

ふと、頭の中に浮かんできたのは、昼間にジルヴィオが口にした言葉だった。

——でも、騎士様はお姫様とお話をしなかったから、信じてもらえなかったのですよね？

アルフォンソはメルセデスを信じていないから、本当の姿をさらけださないのだろうか？　だとしたら、本当のアルフォンソの姿が知りたい。

心を通わすには、話をしてお互い理解するしかない。

そうすれば、アルフォンソの人となりがわかるのだろう。

メルセデスの瞳に、光が宿った。

第四章　成金商家の男は、うっかり心を開きかける

　夜も更け、日付も変わった時間に帰るのが普通になってしまった日常を、アルフォンソは黙々と過ごしていた。

　若く美人な妻を迎えても、その生活に変わりはない。

「お帰りなさいませ、旦那様」

　執事が眠そうな顔で迎える中、妻の姿がないのに気づく。

　訝(いぶか)しげに周囲を見渡す主人の様子に目聡(めざと)く気がついた執事は、奥方の姿を探しているのだと察して報告をする。

「奥様は少し疲れていた様子だったので、先にお休みになるよう進言しました。旦那様、奥様のお迎えを、楽しみにしていらしたんですよね」

「は？　いや、別にあいつの迎えなど必要ない」

「承知いたしました。奥様にお伝えしておきますね」

アルフォンソはハッとなり、執事を睨む。

「何か、不都合でも?」

「不都合など、ない!」

「ではそのように」

アルフォンソは明らかに動揺していた。見かねた秘書が、執事を諫める。

「エリアスさん、冗談ですので、本当に伝えないでください」

「おや、そうだったのですか。旦那様、冗談とは気づかず、申し訳ありません」

執事の言葉を無視し、アルフォンソはずんずん先を進む。小走りで追いついた執事は、アルフォンソに質問を投げかけた。

「旦那様、お風呂にしますか? お食事にしますか? それとも奥様、と言いたいところですが、お休みですので、夜の女性でも手配しましょうか?」

「ば、ばかなことを! それ以上言ったら解雇だ!」

「エリアスさん、お風呂、お風呂をお願いします!」

今宵も、夜のベルンハルト家は賑やかだった。

風呂と夕食を終えたアルフォンソは、のろのろと目的の場所へと向かう。手にしていた魔石灯を床に置き、扉の音が鳴らないようにそっと開く。

そこはジルヴィオの寝室だった。アルフォンソは毎晩息子の寝顔を見るのを、密かに楽しみにしていた。

ちなみに何をしても起きないジルヴィオは、父親の訪問に一度も気づかない。

足音を立てないように、ゆったりとした足取りで近づき、顔を覗き込む。

ジルヴィオは布団を鼻の辺りまで被って、くまのぬいぐるみをぎゅっと抱き締めて寝ていた。

いつものように「今日は楽しかったか？」と返事のない問いかけをして、指の背で頬を撫でて額に手を置く。

ふと、肌の触り心地や髪の毛の質が違うような気がして、アルフォンソは深く被っていた布団を少しだけずらした。

「――っ‼」

危うく声をあげそうになって、口元を押さえる。

慌てて手を離したが、触れていた相手は目を覚ましてしまった。

「誰、ですか？」

目を擦りながら起きあがったのは、アルフォンソの妻・メルセデス。

アルフォンソは疲れていたので、布団の膨らみがいつもより大きいことに気づかなかったのだ。

「アルフォンソ様？」

どうしてここに？　と問おうとしたが、寝台の奥ではジルヴィオが寝ていたので、外に連れだす。

「お前は、どうしてあれの部屋で寝ていた？」

「ジルヴィオの寝相が悪くって、布団を床に落としてしまうので、拾いあげるために一緒に寝ようと、思いまして」

息子の寝つきのよさと寝相の悪さは、アルフォンソもよく知っていた。

彼自身も何度かジルヴィオの毛布を直した記憶があったから。メルセデスが抱き締めていたくまと思われたものは、ジルヴィオだった。

しかし抱き締めていたのがジルヴィオだったとすれば、苦しくて寝にくいだろう。

一応、注意しておく。メルセデスも以後気をつけると反省の態度を見せた。そして話はジルヴィオの添い寝問題へと戻った。

「別に、そのようなことは使用人に任せておけばいいだろう」

「ええ、ですが、私自身も寝つきが悪くて、夜中に何度も起きてしまうので、ちょうどいいと思って」

「眠れないのなら、酒でも飲んで寝ろ」

「お酒、ですか？」

アルフォンソはそれとなしに何かを考え込むメルセデスの顔から、視線を下に向けてぎょっとした。

彼女の着ている寝巻きは踝（くるぶし）まですっぽりと覆った白く長いナイトドレス。生地が薄く、魔石灯の灯りを受けて、すらりとした長い脚がうっすらと透けて見えていたのだ。

「アルフォンソ様？　どうかなさいましたか？」

「い、いや、別に」

しん、と静まり返る。

けれども、不思議と気まずさは感じない。その理由は、いつも無表情なメルセデスが、わずかに柔らかな雰囲気をまとっているからだろう。

「あの、お願いがあるのですが。少しだけでいいので、お酒に付き合ってくれませんか？」

「は？」

「十分、いいえ、五分で構いませんので」

そういえばと思いだす。メルセデスは具合が悪かったのではないかと。

「おい、体の調子がよくないのではないか？」

「いえ、平気です。今は、お酒を飲みたい気分なので。お願いします」

我知らずメルセデスの体に釘づけになっていたという罪悪感もあって、強気にでられなかった。

アルフォンソは妻のささいな願いを聞き入れる。

メルセデスが子爵家から持ってきたという年季の入った酒は、百年物という果実酒の中でも高級な部類に入るものだった。二年前にメルセデスが父親から誕生日の贈り物として受け取った品らしい。

メルセデスはあまり酒を嗜（たしな）まないので、もったいないと思って今まで開けていなかったのだという。

実を言えばアルフォンソも酒は強いほうではない。むしろ弱い部類だ。ただ、嫌いというわけではなかった。

酒を手にしたメルセデスはアルフォンソの私室に招かれ、部屋の棚の中に入れていた銀杯をふたつ差しだされる。

手渡された螺旋（らせん）状の軸のついた栓抜きでコルクを抜き、銀杯に酒を注いだ。

透明度の高い赤色の酒は銀杯の中で輝いているように見える。アルフォンソはその液体をじっと見つめていたが、メルセデスは杯（さかずき）を掴んで中の酒を一気に飲み干した。

男らしい飲みっぷりに、アルフォンソは一瞬言葉を失う。

「おい、なんて飲み方をするのだ。いい酒がもったいない。もっと味わって飲め」

「そうなのですね。騎士時代にこう飲むように教わったので」

そう言いながらも二杯目を注いで、今度は二口に分けて飲んでいた。そして三度(みたび)銀杯は酒で満たされる。

「飲みすぎではないか？」

メルセデスはいっときの間に、五杯も飲み干していた。

本人に酔った気配はなかったが、頬が小さな子どものように赤くなっている。アルフォンソも少しだけ口にしたが、酸味と苦味の強いもので、あまり好みではなかった。

「少しだけ、暑い」

そう言いながらも酒を飲む手は止まらない。ごくりと酒を嚥下(えんか)する首元には少しだけ汗が浮かんでいるように見えた。

普段は露出の少ない服を着ているので、その剝きだしとなった白い首筋が酷く艶めいたように見えた。

目に毒だとアルフォンソは視線を逸らす。

「もう、部屋に帰って寝ろ」

「はい、わかりました」

アルフォンソの言葉に従順に頷(うなず)き、酒の栓を瓶に押し込む。酒の味が名残(なごり)惜しかったのか、メルセデスは自らの唇についていたものまで舌でぺろりと舐めていた。

なるべくメルセデスを見ないようにして立ちあがったのはよかったが、少しだけの飲酒にもかかわらず足元がぐらつく。

その様子を見たメルセデスはすっと立ちあがって、夫の体を支えた。彼女のほうが多く酒を飲んでいたのに、足取りはしっかりしたものだった。

「大丈夫ですか？」

「は、離せ、酔っ払い扱いをするな！」

仕事で疲れているところに、度数の強い酒を飲んだからだろう。傍で支える妻を押し返す力さえ、アルフォンソには残っていなかった。

「このまま寝室に」

多分、ひとりきりになればこの場に転がってしまうかもしれない。なんとなく悔しい気持ちはあった。しかしながら、見栄を張っている場合ではない。視界はぐるぐる回っていた。今日ばかりは、メルセデスの申し出に甘える。隣にある寝室へと移動し、寝台まで行くとそのまま転がる。そんなアルフォンソにメルセデスは優しく毛布を被せた。

「おい。その、酔っ払った状態で、あれのところに行くなよ」

「はい、そうですね」

早く行けばいいのに、メルセデスはじっとアルフォンソを見つめる。

「な、なんだ？」

「お体は、辛くありませんか？」

「問題ない。具合が悪かったのは、お前のほうだろうが」

「私は、なんともありません。申し訳ありませんでした、私ばっかり飲んでしまって」

「お前の酒だろう」

「ええ、ですが」

「いいからもう寝ろ。部屋はそのままでいい。使用人に片づけさせるから」

なんとなくこの庶民的な娘は部屋の片づけをしてから帰るのでは？　と想像をして念のために釘を刺しておいた。

「おやすみなさいませ、アルフォンソ様」

適当に返事をして寝ようとしたが、額に柔らかなものが押しつけられているのを感じて目を見開いた。

「なっ⁉」

メルセデスはあろうことか、アルフォンソの額に口づけをしたのだ。

ポカンとしているうちに、メルセデスは部屋からいなくなってしまった。我に返ったアルフォンソは、誰もいない部屋で叫ぶ。

「あ、あの、酔っ払い、が！」

普段は淡白な妻が、らしくない行動をした。

アルフォンソは目が冴(さ)えてしまい、眠れなくなったとひとりで憤る。だが、酒の力もあってそのあと数分で深い眠りについた。

翌日、メルセデスはアルフォンソと酒を飲んだ前後の記憶が吹っ飛んでいるらしい。何事もなかったかのようにしている。

額へのキスの意味を聞くつもりはなかったが、忘れているのは気に食わない。

アルフォンソはひとり、悔しい気持ちを持て余していた。

アルフォンソは秘書を置いて、ひとりで街の中心地にある役場へときていた。

建物の中は人で溢(あふ)れ返っている。偶然担当の役人と擦れ違ったので、すんなりと目的を果たせそうだった。

半年前に頼んだ書類を受け取りにやってきたのだ。

「頼まれていた書類二枚と、本日用意するように言われていた二枚、計四枚になります」

書類をしっかりと確かめてから、鞄の中へしまう。

「一枚目にあった譲渡証書は再発行の場合、三年の間手続きをお待ちいただく形となるので、紛失なさらないようお願いいたします」

「わかっている」

紅茶と焼き菓子を勧められたが、アルフォンソは丁重に断ってから役場をあとにした。

四枚の書類、特に一枚目のものは長年アルフォンソが苦労して管理していたものだった。父から引き継いだそれをやっと手放せるので、確かな安堵とわけのわからない焦燥が入り混じる。

なんとも言えない気持ちを持て余したが、アルフォンソの決意は揺るがない。

これで、楽になれるのだ。それ以上のものは、望まない。

きっと自分は間違ってはいないだろう。そう信じて、馬車が停めてある場所へと移動した。次に向かったのは裏通りにある小さな玩具店で、顔見知りの店主は笑顔でアルフォンソを迎える。

「お待ちしておりましたよ、ベルンハルト様」

白髪頭の店主に挨拶しつつ、適当に並べられた品を見渡して店内の奥へと歩いていく。

「こちらが職人から届いた品でございます」

店主が持ちだしてきたのは服を着たくまのぬいぐるみだ。

これはアルフォンソがジルヴィオの誕生日に贈っているもので、毎年違う服装のくまの製作をぬいぐるみ職人に依頼している。

「服の中に入れるカードは、どれにいたしましょうか？」

さまざまな絵柄のカードを売り場から持ちだしたが、アルフォンソは首を横に振る。

「今回は、家で書いてきた」

「おや、そうでしたか」

カードの束を店主に手渡す。その量は十枚以上あり、店主は首を捻る。

「今回は、たくさん書かれたのですね？」

「十五年分だ」

「はて、十五年分？」

「ここにくるのは今日で最後だ。だから、まとめて持ってきただけだ」

「はあ、それはそれは」

「来年からは直接家に配達をしてくれ。代金は追加で払う」

「お代は十分すぎるほどにいただいております。これ以上のお支払いは必要ありません」

五年前、アルフォンソはジルヴィオの一歳の誕生日が迫ると、この店にきて二十年分のくまのぬいぐるみを注文した。

その頃は何も考えずに注文したのだ。大きくなったらくまのぬいぐるみなんか喜ばないだろうな、と今さらながら反省する。

店主が誕生日のカードを服の裏側のポケットに差し込む。箱の中にくまを入れたあと、綺麗に包装を施してからアルフォンソへと差しだした。

「お待たせいたしました」

紙袋に入った贈り物を受け取って、アルフォンソは職場へと戻った。

帰宅はいつもの通り、日付が変わるような時間帯である。

執事に加えてメルセデスが、仕事から帰ったアルフォンソを出迎える。

「お帰りなさいませ、アルフォンソ様」

昨晩、出迎えは不要だとはっきり言った。それなのに、メルセデスは待っていたのだ。秘書が冗談だと伝えていたので、まさか言わなかったのか？

責めるような視線を、執事に向ける。

「いやいや、旦那様。冗談を申していた件、念のためきっちりお伝えしましたよ。けれども、奥様はどうしてもお出迎えをしたいとおっしゃいまして」

「別に、出迎えなど不要だ」

「出迎えは私がしたいから、しているだけです。どうかお気になさらずに」

きっぱりと言われたら、どう言い返していいものかわからなくなる。言葉を探しているうちに、執事が話しかけてきた。

「さあ、旦那様、美しい奥様を見つめていないで、お風呂にしましょうか」

「なんでお前が、私の予定を勝手に決めるのだ」

「ではお風呂でもお食事でもなく、今日は奥様にしますか？」

「お、お前は、なんて、こ、ことを」

アルフォンソの額に血管が浮かんだ瞬間に、執事との間に秘書が割って入った。

「食事！　食事にしましょう！」

先日以上に、賑やかな夜だった。


夕食後、ふらふらと廊下を歩いていると、私室の前に人影を発見する。

目を凝らしてみると、メルセデスがアルフォンソの部屋の前で立ち尽くしていた。

「おい、何をしている？」

部屋から灯りが漏れていたので、中にアルフォンソがいると思ったのだろうか。メルセデスは盆を手に、佇(たたず)んでいた。

「それはなんだ？」

「温めたミルクです。アルフォンソ様の隈(くま)が濃くなっていたような気がしたので、もしかして睡眠不足なのではと思って、厨房の者に作ってもらいました」

「不眠はいつものことだ。気にするな」

そんなものは子どもの飲み物だと吐き捨てたが、温めたミルクは神経の興奮を静める効果があるらしい。加えて、心地のよい眠りを誘うことができるという。

「妙に詳しいな」

「以前手紙で母親に眠れないことを相談しまして、今日届いた返事に温めたミルクがいいと、効果と共に書かれていたのです。これも民間療法のようなものなのですが」

盆の上にはふたつカップが置いてあった。もうひとつは自分の分らしい。

一緒に飲んでもいいかと訊ねてきたので、しぶしぶと部屋の中へと招き入れた。

メルセデスは盆を机の上に置き、長椅子に腰かける。そして一緒に持ってきていた蜂蜜を銀の匙で掬って入れ、よく混ぜていた。

銀の匙を入れたままアルフォンソに差しだし、自分の分にも蜂蜜を入れる。先にメルセデスが口をつけたが、蜂蜜入りのミルクの甘さに顔を顰めていた。

「なんだ？　お前は甘いものは苦手なのか？」

「ええ。あまり得意ではなくて」

どれほど甘いものかと気になり、カップの中の匙を抜き取って一口飲む。

「そこまで甘くないじゃないか。それに前に蜂蜜を舐めたときは平然としていただろう」

「その、前回は毒味を目的としていたので、顔にだしてはいけないと思ったのです」

毒味と聞いて、アルフォンソは確認もしないで飲んでしまったことに気づいた。

それに温かいものを口にしたのも酷く久々で、信じられないとばかりにカップの中のミルクを見つめる。

毒の混入にいち早く気づくために、アルフォンソは飲み物や料理は必ず冷えたものを口にしていた。味覚は苦味に関しては温度が低いほうが感じやすいと言われているからだ。無味無臭の毒に関しては銀食器を揃え、薬も常備しているという念の入れようである。

なんとなく、アルフォンソは沈黙が気まずくなって再びカップを口にした。

ほのかな甘味と香りは懐かしいような、ほっとするような味わいで、鎮静効果があるのかもしれない。

「あの、アルフォンソ様」

「なんだ？」

「明日は、その、お帰りは何時くらいになりますか？」

「いつも通りだ」

明日はジルヴィオの誕生日である。

だからといってアルフォンソは予定を空けたりはしない。ジルヴィオも使用人たちと過ごすのは毎年のことなので、気にしていないだろう。

「それがどうした？　あれが何か言っていたのか？」

「いえ、あの子は何も。しかしアルフォンソ様もご一緒ならば喜ぶかと思ってお聞きしただけです」

「私がいないのはいつものことで、別にあれも期待はしていないだろう」

「そんなことは、ないかと」

最近のジルヴィオは去年贈った誕生日のメッセージカードを読んだり、くまを楽しみにしたりしながら過ごしているらしい。

「私が、ジルヴィオの本当の母親だったら、と思ったことは一度ではありません。あの子の寂しさは他人の私では癒やせないのです」

「なぜ、そう思う?」

「母として未熟だと、日々痛感しています」

会って半年ほどしか経っていないジルヴィオに、そこまで感情移入できるとは。女性の母性本能とは不思議なものだと、アルフォンソは思う。

否、育児を放棄して愛人と逃げた前妻を思いだし、メルセデスの愛情は母性本能という言葉で片づけてはいけないだろう、と考え直す。彼女自身の責任感が強く、愛情深い人物なのだ。

ジルヴィオは今まで以上に明るくなったように思える。甘えられるメルセデスがいつでも傍にいるからだろう。感謝しなくてはいけない。

「お前は、産みの母以上に母親らしいことをしている」

「え?」

「話を聞いていなかったのか？　二度は言わんぞ」

「い、いいえ、聞いていました。あの、ありがとうございます」

驚いたような表情を見せるメルセデスを避けるように、アルフォンソはすっかり温くなったミルクを飲み干す。

ふとした瞬間、メルセデスと目が合ってしまい、噎せて咳き込んだ。

そんなアルフォンソの元にメルセデスは駆け寄って、背中を優しく撫でてくれる。

「とにかく、お前はいろいろ気にしすぎだ」

「はい」

アルフォンソは顔を赤くしながらも、尊大な態度でメルセデスに話しかけていた。

「それとこれ以上私の心労を増やさないためにも普通に暮らせ。周囲に気を遣うな」

「承知いたしました」

メルセデスはこくりと頷いて、アルフォンソを見あげた。

「なっ、お前は！」

「いかがなさいましたか？」

「お、お前、今、私の頭部を見ただろう⁉　私の心労がと聞いて髪の量を確認したのかと聞いている！」

「何を……？」

「お前らが揃って私を悩ませるから、そのたびに髪の毛もはらりはらりと抜け落ちていくのだ！」

「アルフォンソ様、落ち着いてください。気のせいです、毛髪の量は変わっておりません」

「う、うるさい！」

アルフォンソは立ちあがって、もう寝ろ！　と叫んで執務室に向かった。

メルセデスと話し込んでいたので、すっかり遅くなってしまった。まだまだ、眠れない。もうひと仕事あるのだ。

執務室の中へと入ると、空気を入れ替えるために窓を開ける。

雪は解けてなくなっていたが、吹きつける風はまだ冷たい。本格的な春の訪れはまだまだ遠いようだ。

鞄の中から役所で貰った書類を取りだす。

四枚の書類はアルフォンソを苦しみから解放してくれるものだった。

先ほどの会話を思い出して少しだけ決心が揺らいだが、居心地のよさなど永遠のものではない。そう、決めつけていた。

書類のうちの一枚は、金庫に保管する必要がある。アルフォンソは地下にある金庫部屋を目指した。

執事はアルフォンソの執務室の前で、控えめに声をかけた。

「旦那様、少しよろしいでしょうか？」

返事はない。扉の下からは光が漏れているので、部屋の中にいることは確かだろう。

執事は胸ポケットから懐中時計を取りだす。蓋を開いたら、勤務時間はとうの昔に終わっていた。早く残業を終わらせたいので、勝手に中へと入る。

「旦那様、入りますよ」

部屋の主は不在だった。魔石灯だけが、ぽつんと灯されている。

「おやおや」

窓が開けっぱなしだったために書類が床に落ちて散らばっていた。

執事は面倒な状況にでくわしてしまったと思いながら、窓を閉めて一枚一枚拾いあげる。

半分だけ書類がでかかっていた茶封筒を拾おうと手を伸ばすが、紙面に書かれていた文字を見て、執事は一瞬動きを止める。

「これは——！」

茶封筒の中に入っていたのは〝離縁届〟〝婚姻届〟〝養子縁組み申告状〟の三枚だった。

扉の外に人の気配がした。茶封筒と綺麗に揃えた書類を机の上に置いて、部屋の主を待ち構える。

「お帰りなさいませ、旦那様」

「お、お前、そこで何をしている⁉」

「ご用がないか伺いにきたのですが、ご不在でしたので、中で待たせていただきました」

「執事ごときが、勝手に私の部屋に入るな」

「それはそれは、申し訳ありませんでした。あと窓が開いたままで、書類が散乱していたので、揃えさせていただきましたよ」

アルフォンソは礼も言わずに、犬を追い払うような手つきで執事を部屋から追いだした。丁寧に頭を下げ、執事は退室する。廊下に置いたままの魔石灯を手にして使用人の待機部屋まで歩いていく。

誰もいない廊下で、執事エリアスはほくそ笑んだ。

――やはり、こちらを選んで正解だった！

退屈しない毎日だが、そのうちさらに面白い事件が起きるだろう。

弾む心を躍らせながら、彼の一日の業務は終了する。

アルフォンソは家から持ち込んだ昼食を食べつつ、暖かな風が通り抜ける窓の前で仕事をする。いつもよりサクサクと書類を捌(さば)いていた。

この時間はいい具合に腹が満たされ、背後から感じる暖かさもあって、うつらうつらとしてしまう。

だが最近は毎日のようによく眠れているので、眠気は襲ってこない。

メルセデスと一緒に飲むミルクの恩恵が、こんなにもあるとは思いもしなかった。心の中で、ひっそりと感謝する。

部屋に入ってきた秘書が郵便物を持ってくる。早めの開封が必要なものとそうでないものと二つに分け、手渡された。ふと目についたのは、子どもが書いたような手紙だ。

「これは孤児院からか？」

「あ、はい。この前贈った品物の礼状でしょうね」

アルフォンソは二十三年前から、孤児院の援助を行っている。

最初は商会を継ぐ前で、自分の財産なんかなかったため、両親から貰った時計などを質に入れて金を作り、玩具を贈ることから始めた。

「たまには直接行かれてはいかがですか？」

「私が行っても、誰も喜ばないだろう。それより、お前のほうこそ行っていないだろう？」

「そう、ですね。三年くらい足を運んでいないかもしれません」

「私より訪問していないじゃないか」

秘書は眉尻を下げ、困ったような表情を浮かべる。

「まあ、行きたくなったときに行けばいい」

秘書はアルフォンソが支援をしていた孤児院の出身者だ。他にも数名の出身者が、ベルンハルト商会で働いている。彼らは幼い頃からアルフォンソの支援のお陰で人並み以上の生活を送っていたので、恩返しという気持ちもあるのか他の者よりもよく働くのだ。

「あの、会長。孤児院の訪問ですが、奥様と坊ちゃんに頼まれてはいかがでしょうか？」

「なんだと⁉　だ、駄目に決まっているだろう！」

「しかし、外出を禁じるというのは息が詰まると思います。それに坊ちゃんも同じ年頃のお友達が必要でしょう。いつまでもくまのぬいぐるみだけが遊び相手では可哀想です」

秘書の言い分は、痛いほどわかる。

アルフォンソもそう思いつつあったので、余計に歯がゆくなった。けれども、外出は許可できない。

「奥様と坊ちゃんのことを本当に大切に思うのなら、少しの譲歩も覚えてください」

「それは、できない、ことだ」

「会長！　奥様や坊ちゃんの安全を考えて外出を禁じているのは重々理解しているのですが、この辺の治安もよくなっています」

「何かあってからでは遅いだろう！」

「ですが」

「お前に私の何がわかるのだ‼」

アルフォンソは眉間に皺を寄せて秘書を睨みつける。

しかしながら秘書も引く気配はない。思えば秘書がこのように強く意見をするのは初めてだった。多少の戸惑いを覚える。

彼の言葉に耳を傾け、冷静になって考える必要があるだろう。ひとまず、謝っておく。

「すまない。言いすぎた」

「いえ、私こそ、ですぎたことを言ってしまい、申し訳ありませんでした」

秘書は俯（うつむ）いたまま、アルフォンソとは目を合わせようとしない。

彼の言う通りである。確かに昔に比べればこの辺りの治安もよくなっていた。街中を巡回する騎士の数も倍以上に増え、人攫いや強盗などの犯罪は頻繁に起きていない。

アルフォンソが外出を禁じる理由は、自身が幼い頃に誘拐された経験があったからだった。だが、もう自分の育った時代とは違う。もう大丈夫だと言い聞かせて、決心を固める。

「わかった、外出を許可しよう。ただし、護衛を数人手配してからにしろ。それとなるべく朝から昼の間に行くように予定を組め」

「会長！　ありがとうございます！　奥様と坊ちゃんのことはずっと気になっていて。とても、嬉しいです」

「嬉しい、か」

アルフォンソは机の中から茶封筒を取りだして机の上に置き、コツコツと人差し指で叩きながら話を続ける。

「ところで、話は変わるがお前は私の妻についてどう思う？」

「え？」

「だから、妻を見てどう思うかと聞いている」

「お、奥様ですか？　突然どうして？」

「いいから答えろ」

「えっと、その、なんと言いますか、奥様は真面目なお方で、使用人にも丁寧な態度で接している素晴らしい女性だという印象です」

「見た目はどう思う？」

「あの、会長、ですから、どうしてこのような質問をするのです？」

「言いにくいとは思うが答えてくれ。一般的な見解を聞きたいだけだ」

「一般的なって、まあ、お綺麗だと思いますよ。これで勘弁していただけますか？　人様の奥方についていろいろ言うのは気が引けます」

「ああ、すまない。参考になった」

「え？　はあ」

呆れ顔の秘書に書類の整理を頼み、アルフォンソは茶封筒を持って商会舎にある私室へと向かう。まだまだ仕事は山積みだったが、それよりも先に行わなければならないことがあった。

メルセデスは平和な光景に、目を細める。孤児院の広い庭では、小さな子どもたちが追いかけっこをして遊んでいた。笑い声が辺りに響き渡り、実に楽しそうである。
ジルヴィオは孤児院の子どもと一緒に、楽しそうに走り回っていた。瞬く間に子どもたちの輪の中へと入り、短時間ですっかり馴染(なじ)んでしまった。やはり同年代の友達は必要だったのだと、メルセデスは思う。
院長がやってきて、深々と頭を下げてきた。メルセデスも、同じように返す。

「こうやって訪問していただけるのは、実にありがたいことです。子どもたちもこの通り喜んでおります」

「そう言っていただけると、こちらも嬉しく思います。……多少、物々しいものとなっておりますが」

メルセデスはチラリと、庭の隅で待機している武装をした男たちを横目で見た。彼らはアルフォンソが依頼した護衛たちである。

「気にしなくても大丈夫ですよ。子どもたちも怯えていませんし」

「申し訳ありません。夫が外出の許可をだす代わりに、連れていけと聞かなくて」

「いやいや、お気持ちはよくわかります。昔はこの辺りの治安も酷いものでしたから」

孤児院のある場所は中心街のはずれだ。

はずれといえど道は綺麗に整えられ、巡回の騎士たちも頻繁に回って歩いている。

昔は貧困層が住む下町の治安が悪かったという話ならわかる。だが、中心街の秩序や安全が保たれていなかった事実は信じがたい。

けれど、院長が嘘など言うわけがなかった。本当の話なのだろう。

「あの、この辺りの治安が悪かったというのは？」

「ああ、ご存知ないのですね。あの頃の王都の状況は隠したい歴史なのかもしれません。数十年前の我々は生きるのも辛いような日々を送っていました」

院長は口元の白い髭を撫でながら、語り始める。

六十年前に貴族と平民の間に起こった内戦は騎士たちの大半を失い、双方の関係を悪化させた。

内戦が終息を見せたあと、貴族たちは自国の平民が営む店などから品物を買うのを渋るようになる。また、平民も貴族に商品を売ることをよくは思わなかった。貴族は外国から訪れる商人を頼って生活を送っていたが、国内の経済は破滅の一途を辿ってしまう。

貴族相手に商売をしていた商会はどんどん倒産し、それによって弊害が生ずる。

例えば、衣装屋が潰れるとする。そうなれば、服を売る店員、織物職人、糸繰り職人、羊飼いに蚕や綿花を育てる農家、とさまざまな人たちの収入が減り、失業する。

新たな職を探そうとするが、どこも人手を新たに雇う余裕はなく、まともな職に就けない。

子どもが病気になった、明日食べるものがない、借家を追いだされてしまった。

それなのに、なす術はない。そんな状況に陥り、追い詰められた者たちは犯罪に走る。

裕福な家の所有する馬車を襲ったり、綺麗な身なりの子どもを誘拐したり、夜に屋敷の中へと忍び込んで金目の物を盗んだり、犯罪行為が街中至るところで起こっていた。

当時、騎士という薄給で命の危険がある職業に就きたいと思う者は少なかった。

騎士たちが不足している街中の治安は悪化するばかりで、国の中心部とは思えない酷い有様だったという。

「これは、少し前までの話ですよ」

騎士の数が増えてきたのはほんの数年前、という話はメルセデスも知っていた。だが、騎士が少なかった時代の状況までは把握していなかった。

「そのお話は初耳でした。そんなに酷い時代があったのですね」

「騎士様が増えたお陰でこの通り、王都は平和を取り戻したのです」

「はい。まあ、そんな理由もあって、当時被害に遭った三十代半ば以上の富裕層の中には、今でも外出を控える人がいるくらいだという話も聞いたことがあります」

そのときになってメルセデスはアルフォンソが〝一切外出することを許さない〟と言った意味を理解した。

メルセデスは事情を知らないでジルヴィオを外へと連れだし、命の危険に晒したからあのように怒ったのだ。今さらながらに理解する。

帰りの馬車の中で、ジルヴィオは楽しそうに子どもたちと遊んだことや話したことについて語っていた。

「地面に石でまるをたくさん描いて、片足で跳んでいくっていう遊びで、とても楽しかったです！」

「そうでしたか。おでかけを許してくれたお父上に、お礼を言わなければなりませんね」

「はい！」

メルセデスはジルヴィオの頭を撫でながら話を聞いていたが、心中では愚かな行為をしてしまった自分を苛み続けていた。

「母上、どうかしましたか？」

「いえ、なんでもありませんよ」

メルセデスはジルヴィオの肩を抱いて、このまま家に着くまで何も起きませんように、と願っていた。

古い石畳の道を、ガタゴトと音を鳴らしながら二頭立ての馬車が走る。

馬車の中には金髪の少年と年若い母親が乗っていた。

久々の外出で気が紛れたのか、女性のほうは上機嫌だ。少年は暇を持て余していたので窓の外を覗くが、生憎(あいにく)辺りは真っ暗なので何も見えない。

ため息をつきながらカーテンを閉めて、足先をブラブラと動かして時間を潰していた。

異変が起きたのはそれから数分後だった。

突然馬の悲痛とも取れる嘶き(いなな)が聞こえたのと同時に、馬車が一気に傾く。外からは御者(ぎょしゃ)の叫び声が響き渡り、車体も倒れてしまった。

少年が座っていた席には大きな鞄が置いてあって、それが緩衝材となり、横転した馬車の中でも怪我(けが)をせずに済んだ。

しかしぶつかった衝撃で気を失ってしまい、しばらくの間意識がなかった。

しばらく経ったあと、外から聞こえる話し声で覚醒する。横転していた馬車はいつの間にか元の状態に戻っていたが、車内の様子は荒れ果てていて悲惨の一言だった。

状況の把握もできぬまま。少年は外にいる人たちの会話を、はっきりとしない意識の中で聞いていた。

「やめろよ」

「おいおい、知らねえのか？　これはベルンハルト商会の馬車だぜ？　奥方でも乗っていれば、宝石を山のように身に着けているだろうが」

「もう、馬を奪ったからいいだろう」

「うるせえなあ、お前短剣とか持ってるか？」

「は？　なんに使うんだよ？」

「抵抗したら殺すんだよ」

少年は聞こえてきた会話の内容に戦慄し、ぼんやりとしていた思考も明瞭となる。

ここで、ハッとなる。母親は、大丈夫だろうかと。

「は、母上……⁉」

上体を少しだけ動かし、視線を母親に向けた。そこには血まみれの顔を歪め、今にも絶えてしまいそうな弱い息づかいをする母親の姿があった。

「――っ！」

男たちは揉めるような会話を続け、ついにガチャガチャと出入り口の鍵を弄り始めてしまった。

「母上、母上、母上、母上っ――‼」

少年は唯一頼れる相手である母親の体を揺すったが、目を覚ます気配はなかった。

その数秒後に木が大きく軋む音が聞こえ、馬車の扉が開いてしまう。

扉を裂くようにして無理矢理開き、外から魔石灯を持って覗いてきたのは、長い口髭を生やした年齢不詳の男。

「――ああ、ようやく開いた」

抜き身の短剣がキラリと光り、少年と母親の姿を確認した男の口の端もぐっと上がる。

壊れた扉をコンコンと叩きつつ、男は邪魔するぞと言って、馬車へ足を踏み入れる。

暗く、静かな街道で、少年の叫び声だけが響き渡った。

木製の扉をコンコンと叩く音で、アルフォンソは叫びだしそうになる。

それと同時に我に返った。

慌てて返事をすると、秘書が入室してきた。

「会長？　いかがされましたか？　随分と額に汗を掻いていますけど」

「なんでも、ない」

アルフォンソは指摘されて初めて脂汗を掻いているのに気づき、胸ポケットの中からハンカチを取りだして汗を拭った。

「それで、何用だ？」

「ああ、屋敷の者が早馬で知らせを持ってきました。奥様と坊ちゃんのことです」

もしかして、何かあったのか。一瞬にして、血の気が引いてしまう。

「無事、屋敷へとご帰宅されたようです」

「そ、そうか」

報告を聞き、アルフォンソは心から安堵した。

周囲には悟られないようにしていたが、朝から妻子が心配で気が気でなかったのだ。

しかしそのせいで、曖昧になっていた幼少期の事件の記憶を鮮明に思いだしてしまった。

あれは何歳のときの話だったのか——忌々しい奴らめと、心の中で毒づく。

その昔、アルフォンソは母親と乗っていた馬車を、強盗に襲撃された。

方法は実にシンプルである。馬車が通る石畳の石を抜き取り、車輪を落として車体を横転させる。その間に馬などを奪って逃走する手口だった。

幸いにも、アルフォンソは巡回していた騎士に助けられ、難を逃れた。

命を助けてもらった恩があるので、アルフォンソは騎士という職業に就いている人たちすべてを尊敬している。

その気持ちは今も薄れてはいない。

アルフォンソが物思いに耽る間に、秘書は次なる予定を読みあげる。

「あと、お食事の準備が整いました」

「ああ、その前に話がある。フランツ、お前は私の決めた相手と結婚できるか？」

秘書はアルフォンソの命じたことであれば、なんでも受け入れる。だが、結婚に関しては慎重なのか、揺れる瞳をアルフォンソに向けている。

「嫌か？」

「いえ、突然のことで、驚きまして。その、私がいつまで経っても独身なので、そのようなご提案を？」

「いや、違う」

「では、その結婚とは商会のためでしょうか？」

「まあ、そうだな」

歯切れの悪い物言いを秘書は不審に思ったのか、首を傾げている。

「私も、これまで頑張って働いてきたお前の意思に反することはしたくない。どうするかは、任せる」

「会長のご意思は、私の意思に等しいです。ご結婚の話を受け入れます」

アルフォンソは茶封筒に入った書類を差しだした。中身には何も記入されていない婚姻届が入っている。

「これはまた、準備のいいことで。ところで、お相手はどちらのお嬢さんなのでしょうか？」

「相手についてはもう少し待ってくれ」

「はあ、わかりました」

何もかもが怪しい話だった。けれども、秘書は文句のひとつも言わないで従った。

聞きわけのいい部下が去ったあとの部屋で、アルフォンソは執務机の椅子の背もたれに体重をかける。

人知れず、深い深いため息をついた。

もう少しの我慢だと自分に言い聞かせながら、心の中にこびりついた執着を必死に押し殺していた。

夜、早めに帰宅することができたが、ジルヴィオを寝かしつけているという理由でメルセデスの出迎えはなかった。

アルフォンソよりもジルヴィオを優先するメルセデスに、心の中で深く感謝する。

食事を済ませ、風呂に入り、部屋へ戻っているとメルセデスと鉢合わせる。

「アルフォンソ様、お帰りなさいませ」

「ああ」

メルセデスはアルフォンソを見つけるなり急ぎ足で接近し、頭(こうべ)を垂れる。

アルフォンソはそんな妻の様子を見ながら、主人に忠実な大人しい犬のようだと思った。

「あの、アルフォンソ様、今日は――」

「立ち話もなんだ。部屋の中で話せ」

アルフォンソは書斎の鍵を開け、メルセデスを部屋の中へと招く。長椅子に座るように勧め、自身もどっかり腰かけた瞬間に気づく。

ごくごく自然に、他人を招き入れてしまった、と。

書斎はアルフォンソの趣味の部屋で、他人を入れたことがない。

寝室と繋がった私室とは違い、今まで使用人はおろか自分以外の人間は入らないように厳重に管理をしていた。

掃除もアルフォンソ自身が三日に一度行うという徹底振りである。

それも無理はない。

壁には息子の描いた絵が飾られ、テーブルには写真が置かれている。完全な、趣味の部屋だから。

額に、汗が浮かぶ。息子が大好きだと主張するような部屋に、メルセデスがいるから。

「ここは、本がたくさんありますね」

あっさりとした反応に、アルフォンソはホッと胸を撫で下ろす。が、次の瞬間には、ジルヴィオの絵や写真について突っ込まれてしまった。

「アルフォンソ様はジルヴィオを、心から愛していらっしゃるのですね」

「あ、当たり前だ！　大事な、世継ぎだからな！」

また、ぶっきらぼうに返してしまった。

メルセデスは底冷えするような、軽蔑の視線を向けているに違いない。そう思っていたが、メルセデスは柔らかな目でアルフォンソを見つめていた。

「な、なんだ、その目は？」

「微笑ましいなと、思いまして」

「何が微笑ましいだ！　これくらい、親ならば普通だろうが！」

「ええ、そうですね」

くすくすと笑うメルセデスは、以前までの冷たい印象とはまったく異なる。

ジルヴィオが生まれてから子煩悩になったアルフォンソと同じように、彼女も変わったのか。そんなことを考えていると、思いがけない提案を受ける。

「私、もっとアルフォンソ様と一緒の時間を過ごしたいです。お疲れでなかったら、今日みたいなお時間を、設けていただくのは可能ですか？」

断る理由が思いつかなかった。

アルフォンソは「どうしてもと言うのならば」、と上から目線で提案を受け入れたのだった。


翌日も、アルフォンソはメルセデスと共に話をする時間を作る。きて早々、メルセデスは深々と頭を下げた。

「アルフォンソ様、先日はありがとうございました」

「なんの話だ？」

「孤児院の訪問の許可を、くださったことです」

「ああ、それか。礼ならフランツに言え。あいつが提案したことだ」

「ええ、ですが、最終的には、アルフォンソ様がお許しくださったからで」

「わかったから、続きはフランツに言ってくれ」

きちんとした礼を言えなかったからか、メルセデスは一瞬眉を顰める。

その後、すぐに何かを諦めたかのように目を伏せた。

また、言葉選びを間違えてしまったのか。アルフォンソはひっそりと反省する。

取り繕うように、メルセデスへ話しかけた。

「あれは、孤児院でどういうふうだった？」

メルセデスは顔を上げ、パッと表情を明るくする。孤児院での話を、語って聞かせてくれた。

「あの子にとって、いい経験になったと思います。それだけでなく、院長先生から少し前の治安についても伺いまして……」

知らなくてもいい情報を提供した院長に向かって、「あの爺め！」と心の中で悪態をついた。

もしやメルセデスが外出をしてはいけない理由に気づいたのではないか。アルフォンソは舌打ちする。何か言われる前に、アルフォンソは立ちあがった。

「もう休む。お前も、寝ろ」

「え、ええ」

夫婦の時間は、ぎくしゃくしたまま終了となった。

日差しが柔らかい午後。

眠るジルヴィオの頬をメルセデスは優しく撫でる。

騎士をしていた自分が、このような穏やかな日々を過ごせるなど、想像していなかった。

すべては、メルセデスを娶ってくれたアルフォンソのお陰である。

今、幸せと言ってもいい。けれども、心の中に引っかかりがあった。

昨晩、アルフォンソに突き放された記憶が甦り、ズキズキと心が痛む。

院長から聞いた話を口にした途端、アルフォンソが不機嫌顔になってしまった。

このところメルセデスに対する態度が柔らかくなっていたが、ジルヴィオの話を聞きたかっただけなのかもしれない。メルセデスとの時間を、大事にしているわけではなかったのだ。

外出をしてはいけない理由について、なぜ本当のことを言ってくれなかったのか。その疑問についても解消されないままだった。

それに関しては、本人に聞かずともわかるような気がする。メルセデスは、アルフォンソの信用を勝ち得ていないのだろう。

信じていないから、心の内を話さない。メルセデスはアルフォンソが何を考え、行動しているのか理解したいのに。

もっと一緒に過ごす時間があれば、状況も変わるかもしれない。だが、アルフォンソはほとんど毎日働き、休みの日も執務室にこもって書類と睨めっこをしている仕事人間だ。最愛の息子に構う暇もないほどに忙しく過ごしている時間を、メルセデスだけに割いてもらうなど愚行の極みだ。

いったい、どうすればいいものか。

答えがでないまま、再びアルフォンソと書斎で過ごす時間となった。

向かい合って座るふたりの中に、気まずい空気が流れる。

渋面を浮かべるアルフォンソは舌打ちし、聞き取れないような声で悪態をついていた。

そんな様子を見ながら、メルセデスは思う。アルフォンソは、〝真暗の国の騎士と姫君〟に登場するラインヒルデ姫のようだな、と。

同時に思いだす。あの童話を読んだ日に、ジルヴィオが言った言葉を。

——でも、騎士様はお姫様とお話をしなかったから、信じてもらえなかったのですよね？

一緒に過ごす時間が短いから、険悪なままなのだと思っていた。もっともっと、たくさん話せばいいと。

けれど、それは違った。

どれだけ過ごし、言葉を交わしても、ジルヴィオの話をするばかりでは心の距離は縮まらない。メルセデス自身を、知ってもらう必要があるのだろう。

よく認識しない相手に、好意を抱くのは難しいだろうから。

今度は、間違わない。メルセデスは居住まいを正し、アルフォンソに気持ちを伝えた。

「アルフォンソ様、私の話を、聞いていただけますか？」

怪訝な表情を浮かべるアルフォンソだったが、気にしている場合ではない。メルセデスは自分の話を、勝手に語り始める。

「私がなぜ、騎士になったのかを、話しますね」

アルフォンソは眉間に皺を浮かべたまま、動かなくなる。それでも、メルセデスはめげずに話を続けた。

「私が騎士になりたいと思ったのは、父の影響でした」

「父……子爵の影響と言いたいのか？」

「はい。父は昔、騎士をしていたのです」

「なんだと⁉ そんな話は一言も聞いていない」

他言できない理由を、メルセデスはここだけの話だと前置きしてから話す。

「父は幼い頃から騎士に憧れていましたが、子爵家の跡取りだったために猛反対されていたそうです」

子爵の大叔父（おおおじ）が騎士をしていて、幼少期より敬慕の情を抱いていた。

しかしその大叔父は六十年前に起こった内戦で命を落とす。そのため余計に、一族の中で騎士という職業が危険視されていたのだという。

「しかし、それでも諦めきれなかった父は、身分や名前を偽って騎士の世界に飛び込んだそうです」

こうして無理矢理騎士となったメルセデスの父は、子爵の名を継ぐまで国と民のために尽力する。

「子爵の名を継ぐ際に、騎士をしていた過去は黙っているようにと、祖父の遺言状に書かれていたようで、周囲には黙っていたそうです」

その当時平民との仲が険悪だった貴族たちは、民を守るという職務を行う騎士隊への支援を渋る。また、その職に就く行為もよしとしない考えが深く根づいていた。

騎士となった子爵は下町で出会った平民の娘と結婚して、子を授かる。

「平民の娘との結婚を子爵家はよく許したな」

「いえ、父は騎士時代に、両親から了承を得ずに結婚を済ませていたのです」

メルセデスの祖父の死をきっかけに貴族社会へと連れ戻された子爵には、すでに妻子がいた。神の前で誓った結婚も、生まれてしまった子どもも、どうにもできない。認めるしかなかったという。

　こうしてメルセデスは子爵家の子として育ち、平民の母親を持ち、幼少時より騎士を志していたという変わった経歴を持つこととなったのだ。

　そんな彼女が騎士に興味を持ったのは、父親が弟妹を寝かしつけるためにしていた話が始まりだった。

「父は私や弟たちにこっそりと、騎士をしていたときの話をしていました」

　街の周囲に出ていた魔物を討伐した話、悪徳商会の会長を追い詰めた話に、ゴロツキに絡まれていた若い娘を助けた話など、自身の武勇伝を語って楽しませていた。

「父は弟たちのために聞かせていましたが、いつの間にか私も騎士の話に夢中になっていたのです」

　十二歳になったメルセデスは周囲に反対されながらも、かつての父親と同じ職業に就きたいと主張する。反対を押し切って、騎士採用試験に挑んだのだ。結果は合格だった。

「騎士隊への入隊を控えた前日に、神妙な顔をした父が私のところへやってきて、とんでもない告白をしました。なんと父が話していた武勇伝は作り話で、騎士隊に在籍していた間、ほとんど活躍らしいことはしていなかったようなのです」

　当時の騎士の仕事といえば、日夜起こっていた小競り合いや、富裕層を狙った犯罪を取り締まりに行くのが大半。牢屋と荒んだ街中を行き来するだけという、単純な仕事だった。

子爵は娘に問いかける。この国では物語のような誇り高い騎士にはなれない。それでも騎士になりたいか、と。

「十二歳だった私は父の話に衝撃を受け、答えることはできなかったのです」

子爵は迷うメルセデスの頭を撫でながら、真実の騎士物語を語り始める。

それは数年前、子爵が騎士としての矜持も失いかけていた頃の話。

四人の子どもを抱え、そろそろ騎士の給料だけでは家族を満足に養うことも叶わなくなった時代の話だった。

騎士たちの詰め所に女性が乗り込んできて、助けを求めた。

「その女性はとあるお屋敷に勤める女性で、仕える家の子息が誘拐されてしまったと。身の代金を要求されたけれど、勤め先の主人は四回目の誘拐なので、払うつもりはないと言っていたそうです」

「そ、その話は、私の――!?」

「どうかしました？」

「いや、なんでもない」

アルフォンソの反応が気になるが、メルセデスは話を続けた。

「その話を聞いた父はとんでもない親だと憤り、その少年を助けるために単独で街に捜査に行きました」

少年は金髪で深い緑色の目を持つという。病院に母親の見舞いに行った帰りに拐かされたというので必死の捜査を重ねた結果、とある無頼漢の住み処に行き当たる。窓から部屋の中を覗くが、酒で潰れた男たちの姿しかない。連れ去られてからかなり経っているようで、少年の安否も気になっていた。

「父は勇気を振り絞り、単独で中へ突入したそうです」

男たちは騎士の突入に驚いたようだが、暴れはしなかった。だが、次第に我慢できなくなったのか、暴力的な態度を取る。

ただ、相手は戦闘訓練を受けていない素人。騎士の敵にはならなかった。

住み処を探せども、少年の姿は見つからない。代わりに、誘拐された少年の名が刺された絹のハンカチを発見した。男たちへの尋問を開始する。そこで、驚くべき事実が発覚した。少年は袋に詰めて、近くの雪山に捨ててきたという。

「父は詰め所に一頭しかいない馬に乗って、少年を探しに雪山へと向かったそうです。白い雪原の中で黒く大きな袋はよく目立ち、すぐに発見することができました。革の袋の中に入っていた少年は、辛い環境に耐えていたようで、奇跡的に生存していたと。その少年は助けにきた騎士に言ったそうです、このご恩は必ず返す、と」

その一連の事件がきっかけで、子爵は騎士になりたかった頃の気持ちを思いだし、騎士の仕事をまっとうできたのだという。

「その少年のお陰で、父は騎士としての誇りを思いだせたと言っていました。しかし、物語はそこでは終わらないのです」

メルセデスの父が爵位を継いだ数年後に、騎士隊に大量の支援金が贈られたという話が飛び込んできた。それはどこぞの商会長からの寄付金だという。匿名だったので、誰がしたのかは明らかにされていなかった。

「父はあのとき助けた少年が恩返しのためにしているのでは？　と勝手に想像していたそうです」

騎士ひとりにつき多大な支援金が割り当てられており、それは生半可な気持ちで使っていいものではない。メルセデスは本当に騎士になりたいのかと、問いかけられる。

「父の話を聞いて、誰かのために勇気を持って行動を起こし、それが救済に繋がれば、素晴らしいことではないかと、少女時代の私は思いました」

結局、メルセデスの父親は騎士になりたいという娘を止められず、却って気持ちを盛りあげてしまった。

それからのメルセデスは、十二歳から体が動かなくなる二十五歳までの間、騎士としての務めを果たした。

「実は、騎士を辞めたあと、父が助けたお方に生涯お仕えしたいと考えていました」

「はあ⁉　そんなの迷惑だ！」

「はい？」

「あ、いや、なんでもない。どうして、そう思った？」

「私が騎士の務めを果たせたのも、その方のご支援と尽力のお陰でしたから」

メルセデスは父親にその人物のことを訊ねたが、名前などは覚えていないと言われてしまう。それに騎士隊を立て直した人物と、子爵が助けた少年が同一人物だという確証はない。メルセデスは目標がなくなり、がっかりしてしまう。

「そんな私を見かねてか、父は私に縁談を持ってきました。——アルフォンソ様、あなたとの結婚話です」

メルセデスはその縁談を断るつもりだった。子を産めない体であるのに加え、相手はひと回りも年上。裕福な商会長だと聞いていたので、とてもではないがそのような人物を支える器量が備わっていないと思っていたから。

難色を示す娘に、両親は強く結婚することを勧めた。

ここまで熱心に頼まれた記憶はなかったと、振り返る。

メルセデスはふと、思えば今まで親孝行のひとつもしていないことに気づく。

一度くらい、親の思う通りに生きるのも孝行になるかもしれないと考えて、その結婚話を受け入れた。

「アルフォンソ様は、この結婚は私が不幸になるとおっしゃいました。しかし、そうではありませんでした。思いがけず、私は母になれました」

メルセデスはジルヴィオの成長を見守る喜びを知った。

そして、生き急ぐかのように騎士をしていたときとは違い、過ぎゆく美しい季節をひとつひとつ感じながら暮らしている。

「私は今、とても幸せです。アルフォンソ様と結婚をして、よかったと、思っています」

アルフォンソは、呆然としたような表情でメルセデスを見つめていた。少し、話しすぎてしまったようだ。メルセデスは立ちあがり、深々と頭を下げる。

「今日は、休みます。また、話を聞いてください」

「あ、ああ」

拒絶されなかったので、ホッと胸を撫で下ろす。

他人を罵倒したあとのアルフォンソの不愉快に歪む表情は、自分の言った言葉に自分で傷ついているのだろう。

付き合いの中で、アルフォンソの表情から感情を読み取れるようになっていた。

ただ、それだけではあまりにも情報が少なすぎる。アルフォンソ自身が、自らについてほとんど語らないから。

噂話は好きではなかったが、本人が胸のうちを明かさないなら、メルセデスのほうからアルフォンソについて調べるしかない。

幸い、メルセデスの心はまだ折れてはいなかったのだ。

アルフォンソは信じがたい気分でいた。

以前、誘拐されたアルフォンソを助けたのは、メルセデスの父親だった。彼は知っていて、接触を図ってきたのか。わからない。

それにメルセデスが騎士になったきっかけも、アルフォンソが関わっていた。

騎士隊に寄付し、支援していたのはアルフォンソである。

まさか、メルセデスが支援者に感謝し、仕えようと思うまで尊敬していたとは思いもしなかった。

心ざわつく中、メルセデスが「おやすみなせいませ」と言った。顔を上げると、まっすぐにアルフォンソを見て、微笑みかけてくる。

それは以前、宝珠貝の首飾りを贈ったときに見せた、穏やかではあったがぎこちない感じの笑顔ではない。自然と零れた美しい笑顔だった。

それは、他人に対して疑心を抱くことしかできなかった男の、凍りついていた何かを解かす魔法のようでもある。

アルフォンソの中に言葉にできない感情が、ふつふつと湧きあがった。それが何かはアルフォンソにはわからない。今まで感じた覚えのない感情だから。

「アルフォンソ様?」

部屋から出ていこうとしていたメルセデスが、アルフォンソの異変に気づいて立ち止まる。片膝を突いて顔を覗き込んできた。

「いかがなさいましたか？　お顔が少々、熱を帯びております」

メルセデスが額に手を伸ばしてきたので、アルフォンソは慌ててその手を払いのけた。

羞恥心を隠すために、アルフォンソは怒鳴ってしまう。

「わ、私に触れるな！」

「アルフォンソ様?」

「私は、お前といると気分が悪くなる！」

いつもは無表情で罵倒を聞き流すメルセデスだったが、今日は悲しげな様子で目が伏せられた。そんなメルセデスを見ていると、胸がツキンと痛む。

メルセデスがいなければ、苦しまずに済む。そう思ったアルフォンソは、無言で書斎から撤退した。寝室まで急ぎ、そのまま寝転がって布団を深く被った。

どうしてこうなったのか。誰も、答えてはくれない。

アルフォンソは誰かに認めてほしいから、さまざまな行動を起こしたわけではない。

もちろん、命を助けてくれた騎士への感謝の気持ちもあった。だが、その根本には誰にも語ったことのない、計画を成功させる目的があったのだ。

メルセデスの語る支援者は、善人のようだった。

それは違うと、アルフォンソは頭を振る。

メルセデスの言葉に喜ぶ自分に、嫌気が差す。メルセデスが道を誤って騎士になってしまった原因は、アルフォンソ自身なのに。

アルフォンソが子爵へ恩返しをしなければ、彼女は今頃好きな人と結婚をして、子を産んでいたかもしれない。それを思うと、胸が酷く痛んだ。

彼女に近づいてはいけない。アルフォンソは戒める。

あの清らかな娘に心を許せば、取り返しのつかないことになる。

計画は予定通り行う、そう心に強く誓い、決心を固めるかのようにアルフォンソはぎゅっと瞼を閉じた。

第五章　成金商家の妻は、夫について調査する

メルセデスは子どもの頃、弟妹と共に猫の餌づけをしたことがあった。

ひとつ下の弟が見つけた猫で、不気味に思うくらい酷く痩せ細っている。

弟たちは可愛げのない猫に夢中になり、朝食をこっそり持ちだして与えていた。

毎日のように餌をあげていたが一向に懐こうとはせず、手を伸ばせばどこかへ逃げてしまうという臆病な猫だった。

メルセデス個人としては、早くこの猫に構う遊びに飽きてくれないかと思っていた。

生まれながらの野良猫である。躾もされていなかったので、弟たちに害を与えるのでは、と心配だったのだ。

もちろん、メルセデスが何を言っても弟たちは聞く耳を持たず。

父や母に言ったら、この小さな命は殺されてしまうだろう。絶対に報告しないで、と懇願されていた。

仕方がないので、もうしばらくは黙っておくことにしたのである。

ある日大量の雪が降って、外で遊ぶのを禁じられた日があった。

弟たちは庭にいる猫を酷く心配して、泣きわめく。メルセデスは自分が庭に行って猫を連れてくるからと言い、使用人や母親の目を盗んでひとり雪深い庭へと向かう。

問題の猫はいつもの場所に震えながら丸まっていた。まるで食べ物を寄こせと言わんばかりに、にゃあにゃあと低い声で鳴いている。

しかしながら、今日は連れだすのが目的だったので、何も持っていなかった。

メルセデスは寒かったので早く連れだそうと、猫に向かって手を伸ばす。

けれども、猫は牙を出して威嚇しつつ、遠ざかるばかりだ。

早く屋敷へ帰らないと不在がバレる。

猫の痩せた体を引き寄せようと一気に距離を詰めたら——手の甲を引っ掻かれた上に、逃げられてしまった。

傷ついてなお諦めなかったメルセデスは、庭の中を探し回った。

だが発見できず……。

最終的に、メルセデス自身が使用人に捕獲され、強制的に屋敷へ戻ることとなる。

その日以降、猫はいなくなってしまい、メルセデスの弟たちは落ち込んでいた。

けれども、数日経つと忘れてしまい、皆いつものように遊び回るようになった。

気にしていたのは、メルセデスだけ。

弟たちと猫に、振り回されるばかりであった。


朝、メルセデスはジルヴィオを抱き締めた状態で起床する。いまだ夢の中にいるジルヴィオの頬を優しく撫でて、メルセデスは起きあがった。

久々に幼少時代の夢を見た。懐かしい気分に浸る。

ずっと、アルフォンソが何かに似ているなと思っていたが、あのときの猫に似ていたのかもしれない。

手の甲を引っ掻かれたあと、猫はどうして懐いてくれなかったのかと考える。

当時はわからなかったが、今ならわかる。

答えは簡単。

野生の中で育った猫は警戒心が強く、絶対に気を許さないし近づこうともしない。野生の生き物から信頼してもらうのは至難の業なのだろう。

メルセデスはアルフォンソと一緒だと思った。

数日前、アルフォンソについて何も知らないのに手を差しだした。だから、あのように拒否されてしまったのだ。深く、反省する。

そんな中、手紙が届く。差出人は父親だった。内容はアルフォンソについての調査結果。子爵家の探偵に、調べさせたのだ。

本来ならばこのような、他人の秘密を探るような行為はするべきではない。しかしながら噂話では伝わるうちに真実は曲がってしまう。打つ手はこれしかないと考えていた。

封筒を開くと中に同じような封筒が入っている。これはメルセデスが父親にも内容を見ないでくれと頼んだからで、調査書はそのままの形で送られてきた。

メルセデスは一瞬の躊躇(ためら)いのあと、封筒を開封した。中には三枚の調査書が入っており、緊張しつつ読み進める。

アルフォンソの幼少時から大人になるまでの人生は壮絶としか言えなかった。事業をしていたアルフォンソの父親は周囲から恨まれていたようで、アルフォンソはさまざまな事件に巻き込まれていたようだ。

それに続くのは三度の悲惨な結婚について。一度目は金に執着した女で、二度目は暗殺者、三度目は乳飲み子を見捨てて、愛人と逃走したという。信じがたいものだった。

メルセデスは調査書を燃やして処分した。

アルフォンソが、なぜ外出をしたときにあのように激しく怒ったのか、メルセデスは今度こそ正しく理解した。

幼少時に自分も怖い目に遭っていたから、メルセデスやジルヴィオの身を案じて、理不尽とも言える決まりごとを強制していたのだ。

理由を話さなかったのも、恐ろしい記憶を思いだしたくなかったからか。

それとも、メルセデスに命を狙われるかもしれないという恐怖を知らせないためだったのか。詳しいことはわからなかったが、アルフォンソの心に少しだけ近づけた気がした。

さらに、メルセデスが信用されない理由も明らかとなる。

一度目は誘拐されたときに父親から見切りをつけられ——二度目は母親から拒絶され——三度目、四度目、五度目は結婚した妻たちから手酷い裏切りを受ける。

このような不義ばかりの人生の中で、信じられるのは自分自身だけだったのだろう。

乳離れをしてから自分の力だけで生きてきた野良猫のように、他人であるメルセデスを信用してもらうのは無理なのではないか。

けれども、それではいけない。

アルフォンソは、口が悪いだけの人間ではなかった。彼の不器用な優しさを、息子への深い愛情を、メルセデスはこれまでの暮らしで感じている。

距離の詰め方を、急いではいけない。ゆっくり、ゆっくりと心を通わせる必要がある。

メルセデスは長期戦を覚悟した。

仕事から帰ってきたアルフォンソは、ひとりきりの静かな私室でため息をついていた。

動揺した結果、メルセデスに酷い言葉をぶつけてしまった。

彼女はいつも通りに接してくれるが、自身の気持ちはなかなか治まらない。それに楽しみにしていた夜の会話も、断ってしまった。

そのため、メルセデスとは随分と長い間ふたりきりで話をしていない。

妻と距離を置こうと考えたのはアルフォンソだ。これまで自分が決めたことに後悔をした覚えはなかった。

だが、メルセデスと距離を取った行動を悔やんでいるのかと、自身の感情に驚く。その一方でこのような思いも、すぐに消えてなくなるとも考えていた。

アルフォンソは時間が解決すると思い込んでいた。

今日はもう寝よう。そう考えていたのに、私室の扉を叩く者が現れてしまった。

どうせ執事だろうと、気のない返事をして入室を許した。

「失礼します」

「は⁉」

部屋の中へ入ってきたのは、あろうことか渦中の人物、メルセデスだったのだ。

「お、お前、なんの用だ⁉」

「はい。お話をしようと思いまして」

「私は話すことなどない、帰れ！」

「すぐに済みますので」

アルフォンソの大声をものともせず、メルセデスは長椅子に腰かける。

「なんだ、話とは？」

「この前のことを謝罪しようと思いまして。私の考えが至らないばかりに、アルフォンソ様を不快な気分にさせてしまいました。本当に、申し訳ありませんでした」

「お前は……」

悪いのはアルフォンソだ。それなのになぜ、謝るのか。

メルセデスの思考がいったい全体どうなっているのか、理解できないでいた。

「何が目的なんだ？　どうしてこのように私に近づこうとする？　金が欲しいのか？　それとも――」

何が目的なのかと考えて、アルフォンソは当ててみようと思った。だが、自分の長所が財産しかない現実に、こっそり傷ついていた。

そんな状況の中、アルフォンソはメルセデスからの反撃を真正面から受けてしまう。

「私が望むものは、アルフォンソ様の心です」

「はあ⁉　おま、何を言いだす！　わ、わけがわからん！」

さまざまな言葉にできない感情に襲われ、混乱状態となる。そんな状況でも、メルセデスは冷静だった。実に淡々と、心の内を言葉にする。

「夫婦とは、喜びも苦しみも共に分かち合うもの。ですが、相手を理解していなければ、とても難しい。だから、私はあなたの心が知りたい。それだけを、望みます」

アルフォンソはメルセデスの言葉を聞いて、みるみるうちに顔が熱くなっていくのを感じていた。

そんなアルフォンソを、メルセデスは一瞥もせずに立ちあがり、丁寧な礼をしたあと退室していく。

部屋に残されたアルフォンソは、頭を抱え込んだ。

どうしてこうなったと、低く呟きながら。

第六章　成金商家の男の、恋の季節

季節は夏の盛りとなり、汗ばむ陽気が続いている。

アルフォンソは額の汗を拭った。

商会の繁忙期も終わり、裏でこっそりと行っていた複数の怪しい商会との縁切りも見事に成功させていた。

長年、上辺だけの付き合いをして、関係を絶つ機会を窺っていたのだ。

ただ、こういうのは思い立ったからといって、簡単にできることではない。短期間で成果を収めたわけは、メルセデスの実家であるブランシュ子爵家のうしろ盾があったから。

やっと次の計画に移れると思っていた矢先に、一通の手紙が届けられる。

それはアルフォンソが昔手に入れた、一軒家について。

南方の村にある別邸が、数日前に起きた嵐で全壊したらしい。数枚の書類を完成させれば計画は完了、達成は目の前まできていたのに、肝心の家がなくては動けない。

建物の倒壊は村の半分を占めており、建て替えは住人を優先すると管理者からの手紙には書かれていた。アルフォンソの家の建て替えが終わるのは、早くて半年後だという。自然の力による厄災ならばどうしようもない。村へ復興支援金と食料を送る手配をして、その日の仕事は終わった。

あっという間に暇になったアルフォンソは、仕事を秘書に任せ、まだ昼間ではあったが家に帰る。

アルフォンソがこのように昼間で仕事を終えるのは初めてだった。

十八歳の頃に父親の商会を継いで、三十八歳になる今日まで脇目も振らずに仕事を第一にしてきた。

いざ時間を持て余すと、屋敷に帰ってから何をしようかと頭を悩ませる。

今になって、趣味も何もない空っぽな人間だと自覚した。

なぜ、暇を持て余しているかというと、仕事を従業員や秘書に細かく振って任せるようになったから。

アルフォンソが関わらなくても商会が回るような仕組みを作り、実行し始めた。

今、ベルンハルト商会は秘書を中心に回っている。彼は真面目で働き者だ。商会の印象もこれからよくなっていくかもしれない。アルフォンソは密かに期待していた。

昼の街中をゆっくり馬車で走るのも初めてだな、と考えつつ窓からの景色をぼんやりと眺めながら時間を潰す。

街には巡回する騎士の数が増えていた。

秘書の言っていた通り、街の治安も見てわかるほどによくなっている。活気が戻った商店街は人が随分と増えたようだ。道行く人々も、昔みたいに悲惨な表情を浮かべている者はひとりもいない。

どうして今まで気づかなかったのかと、アルフォンソは自問する。

昔の記憶に囚われてメルセデスやジルヴィオに外出を禁じていたとは、なんと愚かな行いをしているのか。

否、そんなささいな変化もわからないほど追い詰められていたのだろう。

これからは、多くのものに目を向けよう。穏やかに、暮らすのだ。

そう、アルフォンソは決意した。

家に帰るとアルフォンソはジルヴィオからの熱烈な出迎えを受ける。

「父上ーー！　お帰りなさいませ！　今日はどうして、このように早いのですか？」

「いや、仕事が、片づいたのだ」

「そうでしたか！　ぼく、うれしいです！」

どういう反応をすればいいのか戸惑っていると、メルセデスがやってくる。

「アルフォンソ様、お帰りなさいませ。何かお忘れ物でも？」

「いや、仕事が終わったから帰っただけだ」

「さようでしたか」

ジルヴィオはわかりやすいほどはしゃいでいた。いつも以上に、言葉数が多い。珍しく、アルフォンソへどんどん話しかけてくる。

「あの、あの、父上、今日馬車の中から犬を見ました！」

どうやら午前中は孤児院に行っていたらしく、その帰り道で見つけた犬の話をアルフォンソに一生懸命に語っていた。

「ふわふわしていて、小さくって、とっても可愛かったです」

「そうか」

楽しそうに話をしている息子にどういう反応をしたらいいのかわからないアルフォンソは、素っ気ない返事をしてしまう。

こういった場合、今までは大抵メルセデスから冷たい視線を受けていた。今日はそういった視線を感じない。

不思議に思ってメルセデスのほうを見ると、柔らかな表情でアルフォンソとジルヴィオを眺めていた。

目と目が合った瞬間、アルフォンソの胸は早鐘を打つ。

どうして、このように落ち着かない気持ちになるのか。理解できなかった。

「あの、父上、それから——」

「ジルヴィオ、もうお昼寝の時間ですよ」

「あ！　はい、そうでした」

ジルヴィオはまだアルフォンソと話をしたかったのか、がっくりと項垂れる。

少しくらいならば、話をしてもいい。

そう言おうとしたところに、メルセデスが思いがけない提案をする。

「アルフォンソ様もお昼寝をしましょう」

「は？　今、なんて言った？」

「お昼寝をしましょう。このあと、何かご予定が？」

「いや、予定は特にないが」

「アルフォンソ様、たまには惰眠を貪るのもよいものです」

「まあ……………そうだな」

どうせすることもないし、昨晩も考えごとをしていたので寝不足だ。少しの間眠るのも悪くないだろう。そう思ってメルセデスの提案を了承したが、展開はアルフォンソの考えもしない方向へと転がる。

アルフォンソが一緒に昼寝をすることに対し、ジルヴィオは瞳を輝かせていた。

「ぼく、父上と母上と寝るのが夢だったのです。うれしいな」

昼寝とは別の部屋で眠るものだと思い込んでいたアルフォンソは、大いに動揺する。問題のメルセデスを横目で見ると、無表情で何を思っているかはわからない。ただ、ジルヴィオが見たこともないくらいに喜んでいたのは、鈍いアルフォンソでもわかっていた。

「私はこの髪では眠れない」

アルフォンソの髪は整髪料で固めてあるので、一度風呂に入らなければならない。これで諦めてくれないかと思ったが、メルセデスの一言で本格的に逃げ場を失ってしまった。

「では、早急にお風呂へ入ってください」

メルセデスはてきぱきと、使用人に風呂を用意するよう命令する。見事な女主人っぷりだったが、ここで発揮しないでほしいとアルフォンソは思った。

ここで、本来ならば一番に出迎えなければならない執事が現れる。

「やや、旦那様ではありませんか！　お帰りなさいませ。何か、こちらにご用事でしたか？」

「いや、残りの仕事はフランツに任せてきた」

「そうでしたか。おや、坊ちゃん、ご機嫌ですね」

「はい！」

「おい、風呂に入る準備と、寝室の用意をしろ」

「お風呂と、寝室ですか？」

「ああ、早くしてくれないか？」

「まあ、まあ、それは」

執事はアルフォンソとメルセデスの顔を交互に見て、薄ら笑いを浮かべていた。

「なんだ？　忙しいのか」

「いえ、昼間からお盛んだなあ、羨ましいなあって思いましてね」

いつもなら執事を怒鳴りつけていたが、ジルヴィオがいる。よって執事は制裁を受けないまま、ベルンハルト夫妻を観察し続けていた。

「エリアスくん、今日は父上と母上と三人でお昼寝をするのですよ」

「ああ、お昼寝！　そちらでしたか、そうでしたか」

残念がる執事の前にメルセデスは一歩踏みだして、執事に物申す。

「御託はいいので、早く命じられた仕事を遂行しなさい」

「申し訳ありません、まさか、奥様にそのように叱っていただけるとは！」

メルセデスの冷たい視線すら褒美とする執事は、初めて受けたお叱りの言葉に感激していた。その後、一度お辞儀をしてからその場をあとにする。

そんなうしろ姿を、アルフォンソとメルセデスは呆れ顔で見送った。

風呂から上がったアルフォンソは髪を丁寧に乾かし、妻子の待つ寝室へと入る。

ジルヴィオとメルセデスは寝台で待っていると言っていたのに、二人ともすでに夢の中だった。

枕元には子ども部屋から持ち込まれた六匹のくまが並べられ、ジルヴィオはその一匹を抱き締めて眠っている。

ジルヴィオの目にかかっていた前髪を脇に寄せると、汗ばんでいた。枕元に置いてあったハンカチで拭ってやる。

一方のメルセデスは涼しげな顔で眠っていた。アルフォンソが寝台の上に乗っても気づかずに眠り続け、起きる気配もない。この女は汗も掻かないのかと、アルフォンソは考える。身じろぎひとつもせずに眠るメルセデスは実年齢よりも若く感じ、印象も違って見えた。

普段と雰囲気が違うように見えていた理由はメルセデスの服装にある。いつもは首から足首にかけて露出のないドレスをまとっていたが、今の服装は眠りやすいように胸元が大きく開いたものだった。顔を覆い隠すようにかかっていた漆黒の髪を耳のほうへと流し、手の甲でメルセデスの頬に触れてみた。予想外に彼女は薄らと汗ばんでおり、触れた頬はしっとり湿り気を含んでいる。顎の線をなぞるように指を這わせ、白い首筋を軽く撫でてもメルセデスは目を覚まさない。

なんとも言えない若い娘の色気に中てられていたが、メルセデスには手をださないと結婚当初にした決心を思いだす。

弾かれたように、触れていた手を離した。

このように警戒心もなく眠り続ける妻は、本当に騎士だったのかと疑問に感じていた。彼女の体は魔力を消費して使っていた鎧の悪影響を受け、ボロボロな状態だという。このように深い睡眠を取らないと、体が保たないらしい。無遠慮に眺めていた視線を逸らす。

アルフォンソもジルヴィオの隣に寝転がり、瞼を閉じた。

物心ついた頃からひとりで眠っていたので、こうして誰かと眠るという行為は初めてだ。

横から聞こえる息子の寝息を聞いていると、温かな気持ちが湧きあがってくる。

この感情も、理解できないものだった。

メルセデスと結婚してから、わけのわからない心の動きに振り回されることが多くなっていた。

心の中で感じていたそれは、〝愛情〟。

しかしながら、孤独な環境の中で育ったアルフォンソは慈しみの心を理解しておらず、ひとりで悶々と悩み続ける。

どんどん考えが暗い方向へと沈みかけているところに、突然柔らかいものが顔面に向かって飛び込んでくる。

ぼんやりとしていた意識がはっきりと目覚めてしまった。

それは、ジルヴィオのくまだった。暑くて手放したのだろう。もしや転がって寝台から落ちたのでは？　と思ったが、その姿をすぐに発見する。

ふと隣を見たら、いたはずのジルヴィオの姿がなかった。もしや転がって寝台から落ちたのでは？　と思ったが、その姿をすぐに発見する。

ジルヴィオはメルセデスが抱き締めて眠っていたのだ。くっついて寝たら暑いだろうが、双方すやすやと穏やかな顔で眠っている。

しかしこのままではジルヴィオは寝返りが打てない。メルセデスの腕から離してやり、また捕まらないように距離を置いて寝かせた。

これで一安心と思いきや、今度はメルセデスの寝顔がみるみるうちに険しくなる。寝顔とは思えないほど、眉間に皺が刻まれていた。もしかしてジルヴィオを抱き枕代わりにしていたのでは？　という疑惑が浮かんできた。

「まさかな」

試しに近くにあったくまのぬいぐるみを腕の中へと押し込めば、それをぎゅっと抱き締めて、険しくなっていた表情も落ち着いたものとなっていった。

「お、お前という奴は！」

アルフォンソの想像通り、メルセデスは何か抱き締めていないと眠れないようだった。

美しい妻がぬいぐるみを抱いて眠る様子を前に、アルフォンソは脱力する。

◇◇◇

秘書に仕事のほとんどを任せるようになってから、一ヶ月経った。

アルフォンソは徐々に、商会舎へ足を運ぶ回数を減らしている。

商会の経営は順調そのもの。先日、秘書を解任したフランツには、新たに副会長の地位を与えた。

本人は「私にはもったいない役職です」としきりに恐縮していたが、商会の誰もが彼の働き振りを認めていた。

最終的に、周囲から推される形で任命を受ける。

フランツは秘書時代、ベルンハルト家の家令も兼任していた。アルフォンソは公私共に頼りきっていたことを、彼がいなくなってから痛感している最中だった。

新たな家令を雇う話もでていたが、金銭回りの仕事なので信用の置ける者を探すのは困難を極めている。

元々ベルンハルト家の金勘定は、アルフォンソの父親が亡くなってからフランツが秘書になるまで自分でしていた。

そのため、現在はさしたる問題も起きていない。だが、これから先は優秀な家令も必要になり、人材の確保は最優先事項だとアルフォンソは考える。

そして、フランツのいない弊害は他にも発生していた。今まで秘書の仕事だったものをいくつか執事に振ったところ、彼と関わる機会が増えてしまった。

心労が溜まる毎日である。息子を眺めては癒やされていたが、それで追いつかないほど精神的な負担が大きかった。

数日前に執事の父親と会う機会があって文句を言ったところ、神妙な顔で「あれは勝手にああいうふうに育ったのだ」と申し訳なさそうに語っていた。

あの非道徳的な人間がジルヴィオの傍にいたら、いずれ悪影響を及ぼす。

いずれ解雇したいという考えを伝えた。すると焦った伯爵は頭を深く下げて、解雇だけは見逃してくれないかとアルフォンソに訴え始めたのだ。

伯爵曰く執事はベルンハルト家に仕えるようになってから、女遊びをぱったりとやめたらしい。さらに、生活態度も比較的よくなっているという。

しかしアルフォンソはジルヴィオの将来が心配だった。解雇は時間の問題だろう。

伯爵は地面に膝を突いてどうか頼むと懇願した。仕方がないので、猶予期間を設けることに決めた。

暑さも和らぐ夕方、アルフォンソはカーテンを閉めて魔石灯を灯す。

知り合いに手紙を書こうとしたが、便箋が切れていた。買い置きがない状態だったので、ため息をつく。

フランツが秘書をしていたときは、毎日彼が抽斗の中を調べて細かく注文をしていたのだろう。早く秘書のいない生活に慣れなければならない。気持ちを入れ替えて、今できる仕事に取りかかる。

その一時間後に執事がやってきたので、消耗品の注文書を手渡す。

「この紙に書いてある品を夜までに揃えておいてくれ」

「かしこまりました」

執事は受け取った注文書を丁寧に畳んで、胸ポケットの中へとしまう。

「旦那様、なんだかお疲れですね」

お前のせいでな、と言いたいところだったが、ムキになって言い返したら相手を調子に乗せてしまう。アルフォンソは、最小限の反応で執事と付き合うと決めていたのだ。

「旦那様は数日前より心労が溜まっているように見えましたので、このようなものを特別に用意いたしました」

　執事は執務机の上に一通の手紙を置いた。

　宛名にはアルフォンソの名前が書かれており、裏は無記名。ただ、押された封蝋（ふうろう）には見覚えがある。

「これは、〝上流紳士競売会〟の紋章ではないのか？」

「さすがは旦那様、ご名答です！」

　上流紳士競売会とは厳重な審査に通った会員だけが参加できる、特別な競売（オークション）だ。月に一度、世界各国から集められた珍しい品々の競売が行われている。

　アルフォンソが執事が持ってきた手紙を開封すると、上流紳士競売会ご招待のお知らせと書かれた便箋が入っていた。

　〝明日の夜、酉（とり）の刻より世界の珍品の鑑賞会、及び競り売りを行うので奮ってご参加ください〟とだけ記されている。

「これは――」

「どうですか、実に楽しそうな催しごとでしょう？」

「なぜ招待状が届いた？　私は審査を申し込んでいない」

「それは私が、父に旦那様を招待するようにお願いしたからですよ」

「はあ⁉」

優良会員に選ばれると、推薦する人物を会員にできる権利が与えられるらしい。執事は父親に、アルフォンソを上流紳士競売会に招くように頼んだという。

「心の疲れを発散するには、お買い物が一番です！」

「そのような情報は初耳だが⁉」

「ならば試してみてはいかがでしょう。上流紳士競売会での売り上げは国民のために使うそうですよ。昨年は図書館の増設をしたとか。お買い物をしてすっきりできますし、上流紳士競売会の会員になれば旦那様の間違った悪い印象もよくなるでしょう！　いい話だとは思いませんか？」

執事の言う通り、上流紳士競売会の一員になれば周囲の見る目も変わるだろう。しかし、他人にどう見られようが気にしていないので、そこまで興味は湧いていなかった。

それに美味しい話には裏がある。しかもこの一件を持ち込んだのは、ここにいる普段から怪しい執事だ。

アルフォンソは招待状を封筒の中に入れ、上流紳士競売会には入会しない旨を伝えた。

「やや！　旦那様、明日は本当に素晴らしいものが出品されるのですよ。父も用事があって参加できないのを大変悔しがっていました」

「私は無駄な浪費をしないと決めている」

「いえいえ、売上金は民のために使われますし、無駄にはなりませんから。今回出品されるのは〝エールの首飾り〟に〝極夜の国の民芸品〟、〝黄金蜂蜜〟に〝世界樹（メルヴ）の種〟、〝森エルフの特製レシピ集〟と、そうそうたる品揃えですよ」

「怪しい」

「いえいえ！　鑑定書がついている本物です」

「お前のことだ」

「なんと、私自身が怪しいと⁉」

ここ数ヶ月ほど、アルフォンソは鍵のかかった抽斗に違和感を覚えることがあった。中にはベルンハルト家や商会の帳簿が入っており、鍵を持っているのはアルフォンソだけ。抽斗を開いても、位置がずれていたり、物がなくなっていたりするわけではない。それなのに、何かがおかしいと感じることがたびたびあった。

誰かが中を覗いたのか。

一番に頭に浮かんだのは普段から妙な行動ばかりする執事、エリアス・ブライトクロイツ。一応彼の父親は信用していたが、息子である彼がどこかと繋がっていて、ベルンハルト家や商会の情報を流している可能性がある。

ただ、証拠がないので本人を問い詰めるわけにもいかない。ひとまず探偵を雇って、身辺調査を依頼することにした。返ってきた報告書にはアルフォンソの期待するような情報はなく、帳簿の中身が外部へ流れた様子も見られなかった。そんなわけでこの件に関しては保留にしていたのだ。

「いったい、何が目的なんだ？」

「酷いですね旦那様、最近お疲れのようでしたので、競売を楽しんで心身共に元気になればと思って、お話を持ってきましたのに」

「とにかく、私は競売へは行かない」

「そんなことを言わずに」

しつこい。そんな思いを込めつつ、執事をジロリと睨んだ。

当然、彼は飄々としたままだ。

「では旦那様、特別な情報をお教えいたしましょう。幻とも言われた絵画が出品されるようです。画家ロイド・ヴェンデルの〝金色の貴婦人〟と呼ばれる裸婦画です」

アルフォンソは五年振りに聞くその名に息を呑む。その男は亡き母の愛人だった。

「お前、なぜ、それを……いや、なんでもない」

風景画家に転身した彼の作品は、富裕層に人気だという。それを、執事は知っていて話したのだろう。

ロイド・ヴェンデルの名を聞くと、忌々しい記憶が甦ってくる。

彼は売れない画家だった。それを可哀想に思ったアルフォンソの母親が援助をしていたのが、愛憎の悲劇の始まりである。

ある日、妻の不貞に気づいたアルフォンソの父親は激しく憤った。制裁はすぐに行われた。ロイド・ヴェンデルが国内で商売ができないよう根回しをしたのだ。

明るい未来があったかもしれない画家の将来は、悪徳商人の男の手によって閉ざされてしまった。

その後は各地を回る風景画家となり、生涯の中で人物画はアルフォンソの母親だけらしい。彼の絵は死後、評価されることとなった。皮肉な話である。

アルフォンソの所有する南にある村の家は、その画家から借金の担保として預かっていたものだ。ロイド・ヴェンデルが亡くなり、借金は返済されずに家はアルフォンソのものとなる。画家の家は大量の絵で埋め尽くされ、絵の具のきつい匂いが染みついており、人が住める状態ではない。こんなところで暮らしていたのかと、遺品整理にきたアルフォンソは驚愕する。

そんな中で見つけたのが、ロイド・ヴェンデルが描いた大量の女性の裸婦画だった。

もちろんそれはすべてアルフォンソの母親の絵。悪いと思ったが、他人の目に触れさせるわけにはいかない。その場で焼却処分した。それなのに、まさかアルフォンソの母親の絵が外にでていたとは思いもしなかった。

回収しなければ。アルフォンソは奥歯を嚙み締め、渋々参加することとなる。

結局、アルフォンソは競売にかかっていた母親の絵を、不本意ながらも四枚落札した。

こんな、惨めな買い物はないだろう。

そんなことを考えつつ、とぼとぼ帰宅したのだった。

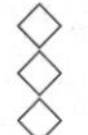

執務室で書類の整理をするアルフォンソは、多くの悩みを抱えていた。

実行に移せない計画——メルセデスへの理解できない感情——息子への接し方について——母親の裸婦画をどうするか——そして正体不明の執事の謎と、どれも解決の糸口は見つからない。

イライラした状態で仕事をしていると、部屋の扉が叩かれる。メルセデスだった。

「アルフォンソ様、お話がございまして。少し、お時間をいただいてもよろしいでしょうか？」

「なんだ？　長くなるのなら私室で聞くが」

「いえ、すぐに済みますのでお構いなく」

神妙な面持ちをしたメルセデスは、珍しく歯切れの悪い様子で用件を話し始める。

「先ほど、アルフォンソ様がでかけている間に、画商がきたのですが……」

「画商？　何用だったのか？」

「ええ。アルフォンソ様に、ぜひ売りたい絵があると申しておりまして」

「な⁉　まさか！」

どこかでロイド・ヴェンデルと母親の情報が露見して、絵を保有している画商が売りつけにきたのか。アルフォンソは焦る。

「な、何枚持ってきていた⁉」

「五枚ほど」

「五枚も⁉」

アルフォンソは頭を抱えた。どれだけ、母親の裸婦画を描いていたのだと。

「あの……アルフォンソ様」

「何も言うな」

「はい。ですが、そのような趣味はあまり、いえ、なんでもありません」

「は、趣味？　なんの話だ？」

メルセデスは何も言わずに顔を背ける。

「画商はいったいどういう絵を持ってきたのだ？」

メルセデスは目を伏せ、珍しく不快感を露(あら)わにした表情を浮かべている。

「おい！　質問に答えないか！」

「さまざまな、金髪の女性の裸婦画を。アルフォンソ様のために集めた、世界各地の金髪美女の裸婦画を、画商は売りつけにきたのです」

「は、はあああ⁉　なんでそんなものを私に売りつける⁉」

「お好きなのですね。金髪の美しい女性が。別に隠さなくても、いいと思います」

「ち、違う！　どうしてそのような噂が流れている？」

思いっきり叫んでからアルフォンソは、過去の記憶を呼び覚ます。この前上流紳士競売会で裸婦画だけを買って帰った事実を。

画商は母親の絵を売りつけにきたのではなかったのだ。

「では、金髪の女性の裸婦画をお持ちだというのは、ただの噂だと？」

「は⁉　い、いや、う……まあ、絵は、も、持ってはいるが」

メルセデスの冷え切った瞳に見つめられ、アルフォンソは背筋が凍る思いとなった。

「ら、裸婦画集めは私の趣味ではない！　金髪の女性も好んではいない！　本当だ！」

発言するたびに、メルセデスとの心の距離が開いていくような気がする。動揺するあまり、机の上から書類が零れ落ちていく。雪のように、はらはらと舞っていた。

「私は画商の訪問を伝えにきただけです。細かい取り引きについては、執事に命じてくださいませ。それでは」

「ま、待ってくれ！　違う、誤解だ！」

「誤解？　裸婦画はお持ちなのでしょう？」

「持っているのは間違いないが……！」

「私はアルフォンソ様のご趣味に反対をするつもりはありませんので、どうぞご自由になさってください」

「だから違う！　わ、私が好ましいと思うのは、その、真面目で礼儀正しく、高潔な、子ども好きの女だ」

「さようでしたか。もしもそのような女性がいたら、アルフォンソ様が好みのようですとお伝えしておきます。お仕事中にお邪魔をして、申し訳ありませんでした」

自らの発言に呆然とする。アルフォンソが好ましいと思う女性、それをメルセデスへ伝えたあとで己の気持ちに気づいた。

アルフォンソはメルセデスに好意を抱いているのだ。

どうしてこうなったと自問しても、答えはでてこない。強く惹かれる心とは、理性では律しきれないものなのだ。

アルフォンソ・ベルンハルト――三十八歳の初恋である。

初老にさしかかる前の男の初恋など、気持ち悪いにもほどがある。

アルフォンソは自分のことながら、思ったのだった。

第七章

成金商家の妻は、枯渇状態となる

メルセデスは毎日飲んでいる錠剤を口に含んで、水で流し込んだ。この赤い錠剤は魔導鎧の使用で失った魔力を、補うものである。

騎士を辞めてから、毎日の服用を義務づけられていた。

魔力は人の体液に溶け込んでおり、中でも一番濃度が高いのは血液とされている。それを固めたものを一日に三回、魔力補給を目的に服用していた。

この世界に生きる者たちは、魔力で世界と繋がっている。それがなくなったら、生きられないのだ。

魔導鎧の着心地は、最悪としか言えなかった。

剣を振るうたびに体は悲鳴をあげ、苦痛を伴う毎日は業火に身を焼かれているような感覚が一向に引かない。そんな日々を、王宮騎士に任命された十五のときから十年間も過ごしてきた。それに比べたら、今の生活がどんなに素晴らしいものか。

素直で可愛いジルヴィオ、なんの苦労もない豊かな生活、痛みを感じない毎日、すべては夫であるアルフォンソが与えてくれたものだ。

だから彼とは真摯に向き合おう。そう思っていたのに、昨日は腹を立てて冷たく突き放すような態度を取ってしまった。

原因は昨日訪れた画商が語った噂話である。金髪女性の裸婦画を集めている、というのは本人も否定していない。

メルセデスは鏡に映った自分の姿を見て、ため息をつく。

王宮で騎士をしていたとき、〝氷の騎士〟と呼ばれていたというのは、メルセデスの耳にも届いていた。本人もそういうふうに呼ばれても仕方がないと意識している。

感情の起伏が薄い性格と、それを際立たせる黒い髪に青い目を持ち、喜怒哀楽が抜け落ちたような顔は人形のようだと言われた記憶もある。

結婚は親孝行だと偉そうに大義づけしていたが、居場所のない実家から逃げるための口実だったのも自覚していた。

このような欠陥だらけの人間を誰が好きになるのかと、心の中で嘲笑う。そして心中に渦巻く慣れない感情にもきつく蓋をして、メルセデスの長い一日は始まった。

今日は孤児院に行く日だった。ところがジルヴィオが風邪を引いてしまい、本日の予定は療養となる。

「母上、ぼくは大丈夫、元気です」

今日は珍しく、孤児院に行きたいとメルセデスの手を握って懇願を続けている。ジルヴィオがこのように強く主張するのは初めてだった。理由を聞くと、孤児院の小さな子どもたちに本を読んであげる約束をしていたようだ。ジルヴィオがやってくるのを待っているかもしれない。だから、どうしても行きたいと。

メルセデスはどうすべきか迷ったが、ジルヴィオの優しい心を無駄にしたくはない。熱も下がってきたので、いつもより滞在時間が短くなることを言い聞かせてから孤児院へ向かった。

だが、帰宅後にその決断を後悔する。

ジルヴィオはでかける前よりも熱が上がり、家に着くなり倒れ込んでしまった。

体調が悪化したジルヴィオの傍につきっきりで、メルセデスは看病する。

朝、間違った判断をしたせいでジルヴィオが苦しんでいることを思うと、胸が張り裂けそうだった。

医者の診断ではただの風邪で、少しの間安静にしていれば快方に向かうだろうと言っていた。けれども気分は落ち着かず、頭を冷やすタオルを何度も交換したり、汗を拭ったりなどをして時間を過ごしていた。

額の汗を拭い、手を当ててみるが熱が下がった気配はない。

「母上、どこに、いますか」

ジルヴィオは寝言で母親を呼んでいた。メルセデスはすぐに、ジルヴィオの手を取る。

「母上、母上……」

手を握ったのに、ジルヴィオは母を望んでいる。

もしかしたらメルセデスではなく、本当の母親のことを呼んでいるのかもしれない。そう思って、手を離した。ここにはいない母を呼ぶジルヴィオを見ていると唇が震え、涙が堰（せき）を切ったように流れる。

メルセデスでは、本当の母親にはなれない。

今、メルセデスにできるのは、気休めとも言える看病を続けることだけだった。

所用で一日中商会舎にいたアルフォンソは、久し振りに夜の帰宅を果たす。

「お帰りなさいませ、旦那様」

「ああ。あれはどうした？」

アルフォンソはメルセデスの出迎えがなかったので、執事に訊ねた。

「奥様は坊ちゃんの看病を」

「どこか悪いのか?」

「はい。少し熱をだしているようで。しばらく安静にしていれば大丈夫だとお医者様がおっしゃっておりました」

「そうか」

アルフォンソはすぐに、ジルヴィオの容態を見に行く。

「ああ、旦那様。奥様が昼間から坊ちゃんにつきっきりで、食事を取られていないのです。申し訳ありませんが、旦那様から夕食に誘っていただけますか?」

「なんだと⁉」

なんでも食欲がないと手をつけず、昼と夜、二食も抜いている状態らしい。病人と一緒に共倒れする気かと憤りつつ、ジルヴィオの部屋へと向かう。

合図もせずに入ったジルヴィオの寝室は真っ暗で、魔石灯の灯りを寝台のほうへ向けると、メルセデスが座っていた。

まるで、幽霊のような、生気のない横顔だった。

「お前は、何をしている⁉」

「ア、アルフォンソ様……申し訳ありません。私が判断を間違ったばかりに。無理して外出させなければ、このように悪化することもなかったんです」

どうやら具合が悪いのをわかっていて、メルセデスはジルヴィオを外に連れだしたらしい。彼女が進んで連れていったわけではないのだろう。きっと、ジルヴィオに強く頼まれて、断れなかったに違いない。その辺は詳しく聞かずともわかっていた。

「看病は使用人に代われ。食事もしていないと聞いた。なぜそのような無茶をする?」

メルセデスは投げかけられた言葉を無視して、寝台へ向き直った。アルフォンソはメルセデスの腕を引いて、無理矢理連れていこうとする。

ところが強く腕を引かれて立ちあがったメルセデスは、そのまま床に崩れ込む。

「な、お、おい⁉」

意識は失っていないようで、ぎゅっと唇を噛み締めたまま動けないようだ。

「お前は、食事を取らないから、そうなる――」

「申し……せん、薬、二回、飲、いませ……でし、た」

「薬だと?」

机の上にはジルヴィオに処方された風邪薬があるが、これは関係ないのだろう。

「何か薬を服用しているのか?」

「は、はい」

アルフォンソはジルヴィオの顔を覗き込み、異変がないことを確認する。続けて、メルセデスを横抱きにした。

元騎士な上に、メルセデスは一般的な女性よりも上背がある。重たいだろうと思っていたが、そんなことはなかった。アルフォンソでも抱えきれるほどの重さしかない。

そんなメルセデスを、寝室まで運ぶ。寝台の上に寝せ、薬のある場所を聞いた。だが、唸り声しか返ってこなかったので勝手に探る。

以前聞いていた会話を思いだす。消費をした魔力を回復させるために、人の血液を固めた錠剤を飲んでいるという話を。その薬らしきものはすぐに見つかった。瓶にも魔力を補うものだという説明が書かれてあるので、間違いないだろう。

「おい、薬を持ってきたぞ」

すでに意識はないようだ。体を揺すったり声をかけたりしたが、目を覚まさなかった。

アルフォンソは寝台の上に膝を突き、メルセデスを起きあがらせる。胸に抱くようにして座らせると、再び声をかけて覚醒を促した。

「薬だ。いい加減起きろ」

「う……」

アルフォンソの声に反応して、メルセデスは薄らと目を開いた。それを見て、安堵の息をつく。薬の瓶を取って決められた個数を手のひらに置き、飲むように差しだした。

メルセデスはアルフォンソにぐったりと背中を預けたまま、動こうとしない。水は要るか？　という問いかけに対しても返事はなかった。

ぴったりとくっついているメルセデスから、熱を感じなかった。頰に触れてみると、冷たい。どんどん体温を奪われているのか。非常に危険な状態だろう。

アルフォンソは、慌てて薬をメルセデスの口の中へと入れる。そして近くにあった机の上に置かれた水差しを摑んで水を口に含ませて、飲み込んだかどうか確認した。

これで、大丈夫だろう。ホッとしたのは、つかの間の話だった。

「……ない」

メルセデスの口元から、か細い声が聞こえた。何かと聞き返したが、反応はいまいち鈍い。何度か咳き込んだメルセデスは、寄りかかっていたアルフォンソから離れて振り向く。

「おい、大丈夫なのか？」

心配して声をかけた瞬間、アルフォンソは布団の上に押し倒された。

「な、何を――⁉」

メルセデスに馬乗りにされた上に、ぐっと接近される。

絶世の美貌が眼前に迫った。唇は今にも触れてしまいそうなくらい近い。熱い吐息が肌を粟立たせる。優美で上品な甘い匂いも、思考を鈍らせた。この状況は非常によくない。

アルフォンソは慌てて肩を摑んで押し返そうとする。

「や、やめろ、何をする！」

なんとか起きあがろうとするものの、相手は元騎士。一方のアルフォンソは、運動不足の中年だ。今日は一日働いていたので、体力もほとんど残っていない状態である。よって、アルフォンソの抵抗はあまり効果がなかった。

左右から体を挟み、押さえつける腿は力強い。それなのに、触れる感覚は夢のように柔らかだ。腿だけではない。腹や胸、二の腕——どこもかしこも、弾力がある上にふわふわしていた。

据え膳食わぬは男の恥、などという異国の言葉が脳裏を過る。これはどの翻訳本に書かれているものだったか。男にとって都合のいい主張だ、ありえない、と心からばかにしたのを思いだす。

ふいに、気づく。密着するメルセデスの体に、体温がないことに。

ここで我に返った。

理性という理性を掻き集め、邪念を追い出す。正直、体は興奮していたが頭はまだ正気を保っていた。大丈夫、落ち着けと何度も自分に言い聞かせる。

今は欲望に従っている場合ではなく非常事態だ。しっかりしろと、己を叱咤した。

いったいどうしたのかと、メルセデスを観察してみる。濃紺の目は虚ろで、まるで精気が宿っていなかった。これは魔力の枯渇状態なのかもしれない。

その昔、〝吸血鬼〟と呼ばれる化け物がいた。

専門家が詳しく調査した結果、吸血鬼は魔力が尽きかけた人間だったのだ。

人の体液には、魔力が含まれている。そのため、魔力を求めて人が人を襲っていたのだ。

魔法使いのほとんどが姿を消してから、随分長い年月が経った。それに伴い、吸血鬼と呼ばれる存在も、いなくなったというわけである。

と、そんなことを考えている場合ではなかった。腕の力が緩んだ隙に、メルセデスの接近を許してしまう。アルフォンソは汗だらけだったというのを思いだし、急に恥ずかしくなる。なんとかこの場から逃げだそうと試みるが、強い力で押さえつけられていて、身動きもままならない。

「お、落ち着け、とりあえず、話を――」

この場から脱出をしなければと、躍起になっていた。そうしないと、非常に危ないことになる。

ふいに、危うく口づけされてしまいそうになり、アルフォンソは顔を背けた。

体液に溶け込んだ魔力を、奪おうとしているのだろう。

アルフォンソが横を向いた瞬間、剝きだしとなってしまった首元にメルセデスはがぶりと噛みついてきた。アルフォンソの苦悶の声が部屋の中で響き渡る。このまま噛み千切られるものだと思っていたが、メルセデスはすぐに、噛みつく行為をやめた。

噛まれた部位に触れたが、歯型はついていなかった。

メルセデスが唸る。

「う……うう……！」

メルセデスは歯を食いしばり、枯渇状態と戦っているように見えた。二回薬を飲んでいないので、体内の魔力が足りていないのだろう。

アルフォンソは結婚する前に、少しだけ魔力と人体の関係が書かれた本を読んでいた。ただ、知識は多少あれど、このような事態は想定していなかった。

普段と違うメルセデスの様子に困惑し、どうすればいいのかわからぬまま時間だけが過ぎていく。

当のメルセデスはアルフォンソの腹の上に跨がったまま。

先ほどよりは大人しくなったが、目だけはしっかりとアルフォンソを捉えている。

限界なのはメルセデスだけではない。アルフォンソ自身もまた、相当危険だった。

このような状況で、欲望のままに暴走するのはよくない。震える声で、アルフォンソはメルセデスに懇願する。

「い、いい加減、退いてくれないか？」

相変わらず意思の疎通はできない。もう一度薬を与えても大丈夫だろうか。

瓶に手を伸ばしたのに、その指先をメルセデスの手に搦め捕られてしまう。残念なことに、その反動で薬の瓶はコロコロと転がって床に落ちてしまった。

「お、おい、何をする。やめろ、手を離せ！　これ以上近づくな、やめ、ちょっ、うわっ！」

メルセデスはアルフォンソの首筋を、ぺろりと舐めあげる。思わずぎゃー、と悲鳴をあげてしまった。

「はあ、はあ、はっ——クソ‼」

夫婦なのにどうして、このように必死になって我慢をしているのか。アルフォンソはばかばかしくなる。一方で、メルセデスは少々考え込む仕草を取っていた。

アルフォンソはキッとメルセデスを睨み、ぶつくさと文句を垂れる。

「わ、私に、こんなことをして、こ、後悔するのは、お前、お前のほう、なんだからな——んむ⁉」

ついにメルセデスは行動に移した。アルフォンソの唇に、口づけする。

メルセデスの唇は信じがたいほど柔らかい。そしてこれまで感じたことのない甘い痺(しび)れを感じ、感覚が麻痺(まひ)していく。

抵抗しようという気持ちは、この瞬間に解けきってしまった。ただただ、感じる心地よさに身を委ねてしまう。

メルセデスは魔力の源を夢中になって貪っていた。口腔(こうこう)内を舌先で刺激して体液の分泌を促してから吸い取る、という作業を数分の間繰り返す。満足に取り入れることができたからか、唇は離された。

この瞬間、ハッとなった。

いったい何をしていたのか。考えようとするも、頭がぼんやりしていて思考は霞みがかったようになっている。

メルセデスはアルフォンソの体の上にのしかかったまま、離れようとはしない。

冷たくなりかけていたその体に熱が戻ってきているのを感じて、自分の犠牲は無駄ではなかったのだとしみじみ思う。

メルセデスはいつまで経っても、ぴったり寄り添ったまま。

本当に離れてくれないかとアルフォンソは半ば焦り始める。

この季節の服は薄い素材で作られているため、体の柔らかさを直に感じていた。アルフォンソの人としての本能が、再びグラグラと沸き立つ。

このままでは危ない。

残っていた力を振り絞って、メルセデスの体を放り投げるようにして押し退ける。それから素早く起きあがって寝台から下りると、着衣や髪の乱れを正してため息をついた。

メルセデスは以前昼寝をしていたときのように、眉間に皺を寄せて眠りについている。

何か抱き締めるものを、と思ったが何もないので代わりに枕を押しつけておいた。

寝顔が穏やかになったと思っていたが、眦に涙が浮かんでいた。

これまで、辛かっただろう。苦しかっただろう。

アルフォンソは胸が苦しくなって、メルセデスの頭を撫でてやる。

そんな中で、メルセデスはぽつりと寝言を呟いた。「母上、私はどうすればいいの？」

と。どうにもできない。アルフォンソは、メルセデスの母ではないから。

アルフォンソはメルセデスの世話を侍女に任せ、風呂場に向かった。

メルセデスは、そっと瞼を開く。目の前に飛び込んできたのは、見知った顔だった。

「あら、メルセデス。やっとお目覚め？」

「は、母上、どうして⁉」

「どうしてってあなたが倒れたって知らせを受けたから、お見舞いにきたのよ」

「倒れた？」

メルセデスは昨日の記憶を思いだそうとしたが、ジルヴィオに付き添って看病をしているところで途切れていた。

母親は朝からここにいたらしい。状況が飲み込めていないメルセデスは母親に話を聞くことにした。

「まあ、覚えていないの？　帰宅したベルンハルトさんの前で倒れたのよ、あなた。看病に夢中で、薬を飲み忘れていたのですって？」

「薬、そういえば！」

このときになって、一日に三回服用しなければいけないものを飲み忘れていたことを思いだす。医者から服用しないと体に異変が起こるからと、何度も念を押すように言われていた。それなのにどうして失念していたのか。心の中で自身を責める。

「完璧主義のあなたが毎日の習慣を忘れるなんてこともあるのね。何か悩んでいたの？　らしくないわ」

「それは……」

メルセデスは母親に相談する。

熱があるジルヴィオを止めないで孤児院に連れていってしまったこと――本当の母親ではない自分への不安――母親のいないジルヴィオを不憫に思う気持ちなど。

包み隠さず、話してみた。

「そう。子どもの頃からなんでも器用にこなしてしまうあなたが悩んでいるなんて不思議ね。わかっているわよ。あなたはずっとできる振りをしていたのよね？　今も、そうなのでしょう？　母親の振りをしている」

ハッとなる。メルセデスがしていたのは、母親の振り。完璧ではなかった。

「いいのよ、それで。始めからね、完璧にできる人はいないの。親もね、子どもと一緒に成長するのよ」

メルセデスの母親は、幼子に言い聞かせるように語る。判断を間違うのは当たり前で、さまざまな失敗が成長の糧となる。そう、優しく諭してくれた。

「でも、あなたがどう頑張っても産みの母にはなれないわ。だから、育ての母だと胸を張れるように今から努力をするのよ」

「育ての、母。頑張れば、私はジルヴィオの母になれますか？」

「ええ、それができたら、あなたは本当の母親になれるわ。それにね、ジルヴィオ君だっけ？　その子を不憫だと思うのは間違っているわよ。母親がいないから不幸だとか不憫だとか勝手に決めつけてはいけないわ。どうすればいいかなんて簡単なの、あなたが幸せにすればいいのよ」

メルセデスの母は、見事に悩みを一掃してくれた。

靄がかかっていたような人生の道筋に、光が宿る。

「それにしても驚いたわ。あなたの旦那様」

「アルフォンソ様が何か？」

「何かって」

アルフォンソは朝、メルセデスの母親を屋敷に連れてくるため、訪問したようだ。

「玄関口に呼ばれてね、何かと思ったらメルセデスが倒れたからきてほしいって」

「アルフォンソ様が？」

「使用人も大勢いる場所でね、頭を深く下げてお願いしてきたわ。もう朝からびっくり」

メルセデスの母はアルフォンソとは軽く挨拶をした程度で、深く関わり合うことは今までなかった。

悪評を耳にしていたので嫁がせることに不安はあったものの、子爵の「大丈夫だから」という言葉を今まで信じていたのだという。

「でも、人は見かけによらないのねえ、なんだか見直してしまったわ」

「ええ、アルフォンソ様は……とてもお優しいお方なのです」

「そう。私もあなたが大切にされているようで安心したわ」

「大切に？」

「されているじゃない、やだ、気づいていなかったの？」

メルセデスは考える。果たして、自分はアルフォンソにとって大切な存在であるのかと。

娘の背中を母はバンバンと叩く。力強い励ましだった。

「それはそうと、体はもう大丈夫？」

「はい。ものすごく調子がいいのですが、何か特別な処方を？」

「いいえ、朝にいつも飲んでいる薬を液体化したものを打っていたけれど、それ以外は。

まあ、詳しくは旦那様に聞きなさいな」

「わかりました」

アルフォンソと一緒に医者の診断を聞いたらしい母は質問を流し、そのまま帰っていった。迷惑をかけたアルフォンソに謝罪と礼を言おうとしたが、今は不在だという。

今日は一日安静にするよう言われたので、その言葉に従って再び横になった。

眠り姫（メルセデス）のお目覚めから遡ること十数時間前。

アルフォンソは妻に襲われ、抵抗の末にそそくさと逃げだした。風呂に入って食事を終えたあと、ふらつきながら寝室を目指す。倒れ込むかのように布団の中へと沈み、ホッと安堵の息を吐いた。

メルセデスとの衝撃的なやりとりのお陰で、眠れなくなる。

理性を失っていたので、彼女を咎めるつもりはない。

ただ、疑問は残る。なぜ、アルフォンソが悲鳴をあげた途端に噛みつくのをやめたのか。

あのとき、口づけを拒むどころか途中から気分が高揚してしまった。

どちらが貪っているのかわからなくなる状態にまでなったのを思いだし、羞恥心から頭を激しく掻き毟る。

そして、手のひらにごっそり髪の毛が絡みついているのに気づいて、正気に戻った。

終わった行為を後悔しても遅い。抜けてしまった髪は、元には戻らないのだから。

いいや、違う。悩みは髪の毛ではない。人の、特に男性の理性の箍は脆弱だ。それが好意を向ける相手ならば尚更のこと。ただこれは、仕方がないという言葉で片づけていいものではないだろう。

この問題はひとまず置いておいて。

メルセデスが寝言のように呟いた「母上、私はどうすればいいの？」という呟きも気になっていた。

母親が、恋しくなったか。

朝一に子爵家に行って、夫人に出向いてもらおう。

あれこれと考えていたら、あっという間に夜明けとなる。のろのろと起きあがった。

身なりが整うと、そのままでかける。通いの御者がまだ出勤していなかったので、アルフォンソは自分で馬車の手綱をさばき、屋敷を発つ。

始めに向かったのはメルセデスを担当する医者の元。魔力研究所という看板のある建物の横に馬車を停めて、勝手に中へと入る。

魔力が関連する体の異常は、普通の医者では治せない。人体と魔法、両方に精通した、世界的にも数少ない〝魔法医〟という存在に診てもらうのだ。

受付で往診をしてもらうように頼むと、ものの数分で魔法医がやってきた。三十代半ばほどの、女性である。メルセデスの状態を話すと、快く早朝の往診を承諾してくれる。

その後、魔法医に断りを入れてからブランシュ子爵邸に行き、メルセデスの母親に今から家まできてくれないかと頼み込んだ。子爵夫人は承諾し、すぐに出発した。

ベルンハルト邸に到着後、メルセデスの診察が開始される。その間、アルフォンソと子爵夫人は隣の部屋で待機していた。

数分後、魔法医が戻ってくる。

メルセデスの状態は良好で、数時間後には目覚めるだろうと。アルフォンソは緊張状態から解放された。

「二回ほど薬を飲み忘れたとのことですが、とりあえず問題はないでしょう」

体内の魔力保持量は問題ない数値だったが、念のために魔力補給薬を打ったらしい。

「というか、これまでに比べて異常な数値がでていたのですが、魔力の枯渇状態で倒れたというのは本当ですか？」

「異常な数値？」

「はい。仮にその人が持つ魔力量の最大値を百とします。そして月一で調べていたメルセデスさんの魔力保持量は多くても十くらいでした。ところが、先ほど調べた数値は三十を超えています。今までにない、高い数値です」

もちろん、魔力量が高いという結果は悪いことではない。しかし毎月調べていた数値とかけ離れていたので、不審に思っていたのだ。

「魔力とは個人によって相性があり、この服用するように定められている薬を飲んだからといって飛躍的に回復するわけではありません」

薬を飲んでも、魔力は定着せずに体から抜けてしまう。そのため、一日に三回飲まないといけないらしい。

けれども昨晩摂取した魔力は、不思議とメルセデスの体に馴染んでいた。

「昨晩、薬を飲ませた以外で何か処置を行ったのかお聞きしても？」

「は？」

「ですから、昨晩メルセデスさんに何かしましたか？ と聞いているのです」

不思議そうな顔をする子爵夫人に、「魔力は人の体液に含まれるのですよ」、と魔法医は説明をする。

「ベルンハルトさん。もしも、奥方にご自身の血を提供したのなら、あなたにも治療が必要になります。大量の血液を失っていたとすれば、大変な状態になってしまいますよ」

メルセデスが一日に三回、一度に三粒服用をする血液を固めた薬は、カップ二杯ほどの液体を濃縮して凝固させたものだという。

その情報とメルセデスの魔力の回復量とを照らし合わせてみれば、アルフォンソは何十杯分もの血液を失ったことになると魔法医は推測する。

「人は体の中の血液を三分の一失うと危険な状態となり、半分失えば死にます。奥方を庇っているおつもりでしょうが、人の生死に関わることです。どうか正直に」

「違う。血液は提供していない。私の顔色を見れば健康体かそうでないかわかるだろう」

魔法医と子爵夫人はアルフォンソを見たが、青白く痩せた顔は不健康体そのものにしか見えないという。顔色が悪いのは、元からだった。

「では、どのようにして回復を？」

昨晩のことを思い出したアルフォンソは、赤面姿を隠すために顔を伏せた。

なぜこのような話を、義理の母親がいる前で話さなくてはならないのか。怒りと羞恥心が、同時にこみあげてきた。

「ベルンハルトさん、隠さずに、話してください」

「ああ、もう、うるさいな。口の中の体液を提供しただけだ」

「へ？　それ、だけ、ですか？」

「そうだと言っている」

「素晴らしいことです」

話についていけないメルセデスの母は、どういうことなのかと説明を求める。

「魔力は人間の体液に含まれると説明しましたが、濃度の高いものが血液、逆に濃度が低いものとして口腔内の分泌物が挙げられています」

「へえ、そうなの」

そのことから、アルフォンソとメルセデスの魔力の相性が抜群にいいことがわかった。

このような例は今までになく、奇跡的な確率だと興奮しながら話し続ける。

「先生、メルセデスの診察は毎月行っていたのよね？」

「はい。結婚されてからはこちらに何度か足を運びました。それがどうかしましたか？」

「いえ、ね。前まで数値が低かったってことは、昨日の夜までベルンハルトさんはメルセデスに何もしていなかったのね、って思って」

アルフォンソは盛大に咳き込む。飲み込んだ唾を、気管に引っかけてしまったようだ。

「どうして何もしなかったの？　あの子に女性としての魅力を感じなかったのかしら？」

子爵夫人はアルフォンソの背中を摩りながら、さらりと過激なことを聞いてくる。質問された当のアルフォンソは、無言で首を振りながらこれ以上は勘弁してくれと、眦から溢れていた涙を指先で拭っていた。

「まあ、でも、魅力がない以前に子どもはできないから……。あの先生、子どもは駄目なんですよね？」

「いえ、このまま順調に魔力量が回復すれば望みはありますよ」

「まあ！　今の聞いた⁉　ベルンハルトさん！」

「は、はあ」

子爵夫人は摩るのをやめて、バンバンとアルフォンソの背中を叩き始めた。

「ねえ、頑張りましょうよ、もうひとりくらい欲しいでしょう？　メルセデスの魔力も元通りになるし、悪いことはなんにもないわ！　じゃんじゃんいたしなさいよ！」

初対面に近い義理の母親から謎の激励を受けていたが、疲弊していたアルフォンソは返事すらできない状態にまで追い詰められていた。

そのあと予定があったアルフォンソは、魔法医と子爵夫人に礼を言ってでかける。

子爵夫人はメルセデスが目覚めるのを確認してから帰ると言ってくれたので、安心して外出できた。

ただ、魔力の回復方法についてはアルフォンソのほうから話してくれと頼まれた。他人には過激なことが言えても、実の娘とそういった話をするのは気まずいようだ。

他人と話すほうを恥じらってほしい、と思うアルフォンソであった。

アルフォンソは昼過ぎに帰宅し、まずはジルヴィオの様子を窺う。熱は昨日より下がっ

ていて、食事も食べられるようになったという。ひとまず安心できた。

次にメルセデスの部屋に行こうとしたものの、昨晩の痴態を思いだしたら合わせる顔がない。そのまま通過して執務室のほうへと足が向いてしまった。

日も沈みかけたような時間帯に、遠慮がちに執務室の扉が叩かれた。メルセデスである。

「アルフォンソ様、帰っていらしたのですね」

「あ、ああ、昼過ぎに……な」

「申し訳ありません、出迎えができずに」

「魔法医から安静にしておけという診断がでていたからな。気にするな」

落ち着かないアルフォンソとは裏腹に、メルセデスは申し訳なさそうにしていた。

「あの、昨晩はとんだご迷惑を。アルフォンソ様に介抱をしていただいた記憶がなくて。母から聞いたのです。アルフォンソ様の前で倒れたという話を」

「い、いや、記憶がないというのは？」

「はい。ジルヴィオを看病している記憶しか残っていないのです」

アルフォンソは一気に脱力したように机の上に顔を伏せる。メルセデスは大変な粗相をしたのかと心配になったようで、アルフォンソの傍に寄った。

「あの、昨日は何をしたのでしょうか？」

「お前のせいで、私はたくさんの髪の毛を失った！　志（こころざし）半ばで散って逝った髪の毛たちをどうしてくれる？」

「そ、そんな酷いことをしたのですか？」

「ああ、そうだ。お陰で見てみろ！　私の頭は荒野となりかけている！」

「申し訳ありません。アルフォンソ様、私はいったい何をしたのでしょうか？」

「思いだすのも忌々しい」

「ですが、その失敗を反省しなければならないので、詳しく教えてください」

「く、詳しくだと？　断る」

メルセデスは聞かせてくれと懇願したが、アルフォンソの口は固く閉ざされたまま。ここで、メルセデスは思いもよらない行動にでる。突然、片膝を突いたのでアルフォンソは驚いた。いったい何が始まるのか。ハラハラする。

「アルフォンソ様。短剣か何か、貸していただけますか？」

「は？　そのようなものを何に使うというのだ」

「私の髪の毛を切ります。失ったアルフォンソ様の髪の弔いの意味を込めて、私も髪を――」

「やめろ！」

アルフォンソは執務机からメルセデスのほうへ回り込み、膝を突いた状態から腕を引いて立ちあがらせた。

「何をばかなことを言いだすのだ、お前は！　それにこんなところに膝を突くな！」

「どう落とし前をつけたらいいのか、わからなくって。私の髪の毛を切ってアルフォンソ様の気持ちが治まればと」

「お前の髪を切っただけで、私の髪の毛が甦るのであれば話は別だ。だが、そんな奇跡があるわけがなかろう‼　そんな呪詛があったら大金を積んでも知りたい！」

メルセデスはしょぼんと、肩を落とす。

「でていけ！　気分が悪い！」

言ってしまったあとで、アルフォンソはしまったと思う。メルセデスの腕から手を離して距離を取った。数十秒の沈黙のあと、アルフォンソが口を開く。

「すまない、言いすぎた。その、体は、大丈夫か？」

「ええ。アルフォンソ様の応急処置がよかったのだと母が。体も、いつもより軽くって、不思議な感じです」

「そうか。まだ、ゆっくりと休んでおくといい」

「はい。ありがとうございます」

退室する前にもう一度礼を言ってから、メルセデスは部屋をあとにする。

部屋に残ったアルフォンソはなんとも言えない気持ちを持て余して、拳を机の上に叩きつけていた。

アルフォンソは一ヶ月振りに魔法研究所を訪れていた。

所長と会う約束をしており、名前を名乗ると奥の応接間まで案内される。

待つこと数分、所長がやってきた。ぺこぺこと会釈をしながらアルフォンソの前に座る女性は、先日メルセデスを診察してくれた魔法医だった。

「申し訳ありません、急患が入ってきて遅くなりました」

「いや、構わないが」

不思議そうな顔をするアルフォンソに気がついた魔法医は、胸ポケットから役職の書かれた紙片を取りだして名乗りながら差しだす。

「魔法研究所の魔法医と所長を兼任しております、ヤナ・フロイントと申します」

「所長もしていたとはな」

「はい。唯一のこの国出身者なので、役職を押しつけられてしまいました。それでお話というのは？」

「ああ。国王陛下にお目通りできる権利を持っていると聞いたので、頼みごとをしにきた」

「陛下にお話、ですか？　いったい何を？」

アルフォンソは鞄の中から書類の束をだし、ヤナ所長に手渡した。

「これは──」

アルフォンソが持ってきた書類は、王宮騎士隊の魔導鎧使用についての抗議文。

この一ヶ月間、魔導鎧を着用していた元騎士のいる家を訪問し、使用の際に感じていた痛みや後遺症について聞いて回って書類にまとめていたのだ。魔導鎧の使用をやめたあとの対策も添えられている。

その対策とは、各地方に配置されている討伐部隊を解体して王宮へと送り込み、魔物退治は冒険組合に委託をするというもの。

魔物退治の報奨金の出所については、ベルンハルト商会を始めとする複数の商会が提供を名乗りでていた。

今まで冒険者は霧が深い時期にしか街におらず、それ以外は迷宮に潜って宝探しをしていた。一年の大半は出払っている状態だった。

彼らの目的は賞金稼ぎ。金をだす代わりに魔物退治をしてほしいという依頼をだしたら、喜んで飛びつくだろう。

冒険者が街に長く滞在すれば、それだけ経済が回る。資金提供をする商会にも旨味（うまみ）があるというわけだった。

「ああ、なるほど。これはベルンハルトさんがお考えに？」

「いや、ほとんどがうちの副会長の着想だ」

「素晴らしい部下をお持ちなのですね」

「まあな」

アルフォンソが言う通り、この書類に書かれているものはフランツが一生懸命考えて煮詰めたものだ。部下を褒められて悪い気がしなかったアルフォンソは、自然と顔が綻ぶ。

「と、まあ、こんな感じで陛下に王宮騎士の現状と、魔導鎧を使う危険性を知っていただきたいのだ」

「ええ、そうですね。いい機会なのかもしれません」

アルフォンソもメルセデスが倒れるまで、魔導鎧を使用すると体に負担がかかるとは思っていなかった。

以前目を通した本にも、使用時に伴う苦痛や後遺症などは詳しくは記述されておらず、この現状を知る者はごくわずかなのだろう。これ以上犠牲者を増やしてはいけないと思って行動にでた。

「そういえば、この国に魔導鎧を作れる職人は何名いるのだ？」

「えーっと、三十名ほどでしょうか」

「もしも、魔技工品の使用が禁止となれば彼らはどうなる？」

「あー、そうですね。使いどころがないので、困ることになりますね」

「そうなったらうちの商会にきてもらうようにしてくれ。いずれ魔石灯の扱いを始めるかもしれないから、魔術を知る者がいてくれると助かる」

「それだと魔法研究所も助かります」

魔技工士たちの工房は、常に怨嗟の唸り声が響き渡っている。

本来ならば一年以上もかかる品を三ヶ月から半年ほどで納品しろという、無理な注文を受けているからだ。拒否権のない職人たちは、日々泣きながら作業を行っているという。

「とりあえず明日の朝、謁見の時間に提出してみますね」

「ああ、頼む」

前向きに話が進んだことに、アルフォンソは深く安堵した。

「そういえば、奥様の具合はいかがですか？」

「あの日から調子がいいと言っている」

「そうでしたか。よかった、本当に。明日往診に伺いますね」

メルセデスは王宮騎士をしていた中でも、魔導鎧を身につけていた期間が長い。魔力の消費量も一番多い患者で、一番気にかけていたのだとヤナ所長は話す。

「それで、ベルンハルトさんにお願いがあるのですが」

「なんだ？」

「メルセデスさんに体液を提供してくれないかと」

「なっ⁉」

ヤナ所長曰く、人の血を使った薬の生産は毎回ギリギリ。材料と作業をする人材が共に不足しているという。

「患者ひとり分の薬の支給が減ったら、こちらも随分と助かるのですが」

「それは、そっちの勝手な言い分だろうが」

「ええ、わかってはいますが、薬を煎じる者も過労のために、入れ代わり立ち代わりで倒れているのが現状でして。ベルンハルトさんは夫婦なので、その、問題ないかと」

問題はあった。まだ誰にも言っていないが、ヤナ所長にだけは先に話しておく。

「私はある計画を立てていて、いずれ妻とは別れるつもりでいる。だから、この前のような行為はできない」

「そう、でしたか」

「これはまだ誰にも言っていない」

「は、はい。ここだけの話にいたします」

「頼む」

アルフォンソはヤナ所長と別れ、家路に向かう。

帰宅すると、執事がアルフォンソを出迎えた。

「お帰りなさいませ、旦那様」

メルセデスの姿がなかったので居場所を聞くと、執事の表情がさっと暗くなる。

「奥様は、旦那様がでかけてすぐにお倒れに」

「な、なんだと⁉」

「あ、旦那様、ちょっとお待ちになってくだ――」

アルフォンソは執事の制止も聞かず、メルセデスの部屋へ急ぐ。メルセデスの寝室から侍女がでてきたので、容態を聞く。

今は落ち着いて眠ったところだという。報告を聞いて安心した。

そのまま侍女と入れ替わるようにして、アルフォンソはメルセデスの寝室へと入る。

寝台には、メルセデスがすうすう寝息を立てて眠っていた。

顔を覗き込んだが、寝室はカーテンが閉ざされて薄暗い。顔色までは窺えなかった。

頬に触れれば確かな体温がじんわりと伝わってきた。この前のような魔力の枯渇状態ではないのだろう。頬にあった手を放そうとしたとき、メルセデスの瞼が急に開かれる。

「ん……アルフォンソ様？」

アルフォンソは急いで手を離して、寝台からも距離を取った。一方のメルセデスは瞼を擦って、状況の把握に努めているように見える。

「アルフォンソ様、どうしてこちらに？」

「お前が倒れたと聞いたから、見にきただけだ」

「さようでしたか」

「具合はどうだ？」

「大丈夫です。随分と長く、眠ってしまいましたが」

「そうか」

　魔石灯の灯りをつけると、メルセデスの顔が青白いことに気づいた。とても大丈夫だという状態には見えない。

「また、薬を服用し忘れたのか？」

「いえ、違います」

「ではなぜ倒れたのだ？」

「それは、その……十年ぶりに、月のものがきまして」

　出血によって貧血を起こしてしまい、倒れてしまったのだという。

「そ、そうだったか。無理に聞いてすまなかった」

「いいえ。恥ずかしい話でもなんでもありませんから。むしろ、喜ばしいことだと」

　アルフォンソと見つめ合った状態で、メルセデスは自分の言ったことの意味に気づいて目を逸らす。頬が、微(かす)かに赤く染まっていた。

「お前は、子どもが欲しいと思ったことはあるのか？」

「え？　それは、まあ、そう、ですね。孤児院で子どもたちと遊ぶジルヴィオを見ていたら、私も……。でも、今の状態が続くようであれば、無理でしょうね」

アルフォンソはこのときになって気づく。

魔力を回復させるのに、この前のような行為をいちいちする必要はない。魔力の回復薬の元となるのは人の血だ。ならば血を提供すればいいだけの問題である。

「わかった。そのうちなんとかしよう。少し待て。私にも準備がある」

「は、はい」

このときのふたりは互いに違うことを考えていた。

そんなことなど知る由もないまま、一日は静かに終わった。

第八章 成金商家の男は、空回りする

アルフォンソは執事に、細かな仕事の指示をだす。

「午前に来客三名、昼食をふるまって客室に案内しろ。会食にはフランツが参加する」

「かしこまりました。肉中心の食事でよろしかったでしょうか？」

「ああ、若い者たちだから肉がいいだろう」

食事をしながらの交流は会話も進み、交渉も円滑に進む。

アルフォンソは食事に混入されているかもしれない毒を警戒するあまり、他人との食事は避けていた。フランツが順調に働く様子を見ながら、自分は苦労をしながら何をしていたのかと人生を振り返ってしまった。

「あと、夕方頃には荷物も届く」

「珍しいですね。旦那様が個人的なお買い物だなんて。いったい何をお頼みに？」

「なんでもいいだろうが」

「人に言えないようなお品で？」

「この前買った絵画だ！」

「ああ、なるほど、それは人には言えませんね。では、どちらにお飾りすればよろしいでしょうか？」

「な!? あんなものを飾るわけがないだろう！　お前はばかなのか？」

「でしたら、旦那様の寝室にお運びすれば？」

「やめろ！　地下に、地下の倉庫にぶち込んでおけ。開封もしなくていい。勝手に触るなよ、絶対にだ！」

「かしこまりました」

執事との会話で力を使い果たしたアルフォンソは、一刻も早くでていくように命じた。

続いて自分も部屋からでるとメルセデスにお茶を飲まないかと誘われたが、涙を呑んで断る。

今から予定があったのだ。

ついでに、アルフォンソは血液をメルセデスに提供するという提案をしたが、即座に断られてしまった。

向かった先は——魔法研究所。アルフォンソはヤナ所長から呼びだされたのだ。

半月前に頼んだ抗議文提出の結果を聞かせてくれるらしい。なんでも経過は順調のようで、話もどんどんといい方向へ進んでいるという。

「それは無理ですよ、ベルンハルトさん。可能なら以前会ったときに提案していました」

「血液のことは失念しているのかと思っていた」

「私を誰だと思っているのですか」

ヤナ・フロイントは温和な魔法研究所の所長の顔から、厳しい魔法医の顔になる。

アルフォンソに血液の提供を頼まなかったのは、彼自身が不健康体であったからだ。

痩せ細った頬に充血した目、その目の下にある濃い色の隈と青白い肌、身長に対しての肉づきの少なさに加え全体的に生気も感じない。

そんな人間から大量に採血をしたら大変なことになると、言われてしまった。

「メルセデスさんにご自身の血を提供するのは、もっとほっぺがふくふくになってからにしてくださいね」

アルフォンソは自分の頰に触れてみたが、見事に骨・筋・皮しかない。ふくふくには程遠い頰の触り心地に嫌悪感を抱きつつ、がっくりと項垂れる。

「もちろん、肉をつけるだけでは駄目です。無駄に太って、どろっどろの血液では魔力の濃度も薄くなりますから」

「いったい、どうしろと？」

「食生活の改善及び適度な運動を推奨します」

アルフォンソの食は驚くほど細い。サラダと皿の底が見えそうなくらいに少なく注がれたスープ、小さなパンがひとつに、メインの料理は一口二口食べたらお腹いっぱいになるくらい小食だ。厨房担当にはたくさん作るなと言いつけてある。アルフォンソの食事量を見た執事は、「旦那様は減量中の女子ですか！」と突っ込んでいた。最近は温かいものが食べられるようになったので、スープの量とパンの量が増えた。だが、いずれも肉がつくような食材ではない。

「基本は一汁三菜です。活動力の元となる糖類を取り、汁もので水分を、その他の野菜などで栄養の均衡を取るという理想的な食生活を送ってください。三菜はできれば精がつくような品目が好ましいです。そして運動は二十分から一時間ほどの軽度な運動を」

「料理は厨房の者と相談をしよう。運動は、そうだな」

「あ！　ちょうどいいものが。少し待っていただけますか？」

ヤナ所長は部屋からでていき、数分後に戻ってくる。

「えーっと、この子と一緒に運動をしてみてはいかがでしょうか？　相方がいると捗る(はかど)と言いますし、ね？」

部屋の中に獣臭が漂い、アルフォンソは不快感を隠さずに顔を顰める。

ヤナ所長の手には縄が握られていて、その先には金の毛並みを持つ垂れ耳の大きな犬が繋がれていた。

「この子の名前はコルトと言います。二年前にここの番犬として飼い始めたのですが、皆が甘やかしたせいでこの通り、太……立派な体格となってしまって。とても人が好きで優しい性格の子なのですが」

顔や足はすらりとした犬だったが、胴体はぼってりとしていた。おまけに落ち着きがなく、アルフォンソに今にも飛びかかりそうな勢いで縄を引いている。

「これを、私に押しつける気か？」

「え、ええ、まあ。この子もこのままの生活を送れば早死にをしてしまいます。ベルンハルトさん、あなたもですよ」

「私は、別に長生きをしなくても――」

「何をおっしゃっているのですか！　あなたがよくても残された家族が辛い思いをするの

です！」

ヤナ所長はそう言っているが、アルフォンソに心残りはない。商会は安定を見せ、メルセデスやジルヴィオ、フランツは今後も幸せに暮らすだろう。いつ死んでも悔いはないと、そうアルフォンソは思い込んでいる。

「わかった。犬は連れて帰ろう」

大型犬だが毛は短く手入れも簡単そうに見えるし、性格も優しいと聞いたのでジルヴィオの遊び相手になるのかもしれない。

そう思ったので、ヤナ所長の申し出を受けた。

「コルトの食事は野菜と穀物を茹でたものを与えてください。味つけは不要ですが、多少の塩分も必要なので、一日に一回軽く塩抜きをしたチーズか燻製の肉を」

「なんだ、随分面倒な生き物だな」

「人とは、体の仕組みが違いますからね」

ヤナ所長は申し訳なさそうな顔で言った。縄を渡されたアルフォンソの横でコルトはぴょんぴょん跳ね回っている。散歩に行けると勘違いしているのかもしれない。

アルフォンソは嫌々馬車にコルトを乗せて帰る。人見知りをしない犬は屋敷に到着するまで馬車の中を落ち着きなく歩き回り、尻尾を振り続けていた。

馬車から降りてコルトの縄を引いて歩きながら、この小汚い犬も御者に預ければよかったと後悔する。外で綺麗に洗わないと、とても家に上げられる状態ではなかった。一度ジルヴィオに見せてからにするかと決めて、家に連れて帰る。

そして予想通り、ジルヴィオは新しい家族を大喜びで出迎えた。

「わーー！　犬！　犬です！　大きな犬ーー！」

犬はジルヴィオと共に跳びはね、メルセデスは大丈夫なのかと眉を顰めつつ眺めていた。

「父上、あの、あの、コルトと遊んでも、いいですか？」

「あ、まあ、それは」

ジルヴィオの言葉を制したのは意外にもメルセデスだった。

「待ってください」

「この犬には少し躾が必要です」

コルトはジルヴィオよりも体の大きな犬だ。興奮状態の中で遊んだら、怪我をするのはジルヴィオのほうである。

「ジルヴィオ、遊ぶのは少し待てますか？　このままの状態ではあなたが怪我をします」

「う、はい」

撫でるだけならば構わない。メルセデスが言うと、ジルヴィオの表情は瞬く間に明るくなる。コルトは数名の使用人に取り押さえられた状態で、ジルヴィオに撫でられていた。

その様子を、メルセデスは愛おしそうに眺めている。そんな彼女に見とれていたアルフォンソだったが、すぐにハッと我に返った。取り繕うように、アルフォンソは問いかけた。

「おい、お前、犬の躾なんかできるのか？」

「お任せください」

メルセデスは王宮騎士時代に庭を守る番犬の躾役を担っていたことがあるという。そういった事情もあって、彼女は犬に礼儀を教える役を買ってでたのだ。

使用人たちから解放されたコルトは、再び落ち着きなく跳ね回る。魔法研究所の人間は基本的なお座りや伏せなども教えていないらしく、その行動を止める手段はない。

メルセデスは机の上にあった銀の匙を手にして、頭の上の位置に上げてから石の床に叩きつけた。

突然の金属音にコルトは驚き、動きを止める。その隙に尻を押して座らせてから、「いい子」と言って跳ねる動きをやめたコルトを褒めた。

そんな妻の一連の行動を見ながら、アルフォンソはこの件は任せようと思い、その場をあとにした。

執務室に戻る途中、厨房に寄って夕食の献立の変更を申しでる。

「旦那様、いかがされましたか？」

「ああ、いきなりだが、夕食は肉にしてくれ」

「え？　はい。もも肉を柔らかく煮込んだものでよろしかったでしょうか？」

「いや、脂身の多い肉を焼いた料理を。他にも精のつく料理をいくつか頼む」

「わ、わかりました」

　アルフォンソは昔からさっぱりした料理を好んでいた。精がつくようなこってりとした味つけの料理は食が進まないので、食卓にあがらなかった。

「突然、どうしたのです？」

「体力をつけないといけないからな」

　それを聞いた料理人たちは歓喜する。ついに、旦那様が本気になったぞと大いに喜んだ。

　アルフォンソがいなくなったあと、ワーッと歓声があがった。

「ついに、ついに坊ちゃんの弟様か妹様が、お生まれになる瞬間がくるかもしれないのですね！」

「ああ、素晴らしい、これでベルンハルト家もこれまで以上に賑やかに、明るくなる！」

　使用人たちは完全に勘違いをしていた。アルフォンソが年若い妻と子作りに励むために、肉体改造を始めたものだと。

　知らぬは本人ばかりで、早朝にコルトと共に屋敷の周りを走るアルフォンソの姿を、使用人一同は温かい目で見守っていた。

執事エリアスは足取り軽く、休憩室を目指す。

今日の休憩時間の菓子は、チョコレートケーキである。

無愛想で怒りっぽい主人は付き合いにくいが、働く環境は気に入っていた。働く人は皆穏やか。なんでも、当主であるアルフォンソが吟味に吟味を重ねて採用した人々らしい。

本人はあれだが、他人を見る目は確かなようだ。

使用人たちが休憩をする部屋では、なごやかな談笑が交わされている。机の上には紅茶と茶菓子が並べられ、豊富な種類の甘味を好き好きに摘んでいた。

休憩用の部屋は置かれた高級家具とあいまって、使用人の休憩室には見えない。これはアルフォンソの母親や父親が使っていた家具らしい。このまま捨てるのももったいないので、使用人の部屋に使っているのだ。

そんな豪勢な部屋で、使用人たちが盛りあがっている旬な話題は――アルフォンソとメルセデスについて。

結婚から一年が経ち、アルフォンソは大きく変わったという。

「旦那様はご自身の優しさをださなかったのよねえ。最近は本当に穏やかになって」

「奥様のお陰で顔も随分と優しくなったよ」

「暴言も嘘だって屋敷のみんなは気づいていたんだけど、やっぱり外で旦那様の悪い噂が独り歩きするのはいい気がしないわね。やっぱり、態度が柔らかくなっているのは家の中だけなのかしら?」

「その辺、どうなんですかねえ。まあ、何よりもいい雇い主に巡り合えたことに感謝です」

「ええ、ええ。エリアスさんも、そう思いますよね?」

「え? ああ、まあ」

母親と同世代の女性に囲まれたエリアスは、いつもの元気がなかった。普通のお屋敷だったら若い娘に囲まれていただろう。執事をするに当たって、若い娘と楽しみながら仕事ができると喜び勇んでやってきた。それなのに、突きつけられた現実は残酷である。

この国での常識として、使用人は家柄や見目を第一に採用する。だが、ベルンハルト家で働く者たちは三十歳以上の既婚女性が多く、若い娘などひとりもいない。

エリアスは窓の外を眺めながら目を細める。仕えるべき旦那様は常に不機嫌で、小物臭がある。奥方は美人だが旦那と子ども以外の人間——というか、エリアスにだけ酷く冷たいように感じていた。世知辛い世の中だと思いながら、紅茶を飲む。

「あんた、何言ってんのよ! 旦那様から小物臭がでているなんて!」

どうやら考えていることが口から漏れていたらしい。エリアスは使用人のご婦人方から、袋叩きに遭っていた。

「罰としてこれを持っていきなさい！」

「はあ、いいですけど」

紅茶を執務室へ持っていくように言われ、渋々承諾をする。アルフォンソとフランツの、ふたり分用意されていた。欠伸をしながら執務室の扉を叩こうとしたら、中からアルフォンソの怒鳴り声が聞こえてきた。

入らないほうがいいのか。迷っていると、アルフォンソが執務室からでてきた。

エリアスをジロリと睨んでから、去っていく。

部屋を覗き込むと、とんでもない状態になっていた。

「うわあ」

床は、大量の書類で埋め尽くされていた。久々のアルフォンソの癇癪を日の当たりにして、エリアスは呆れ返ってしまう。部屋の中で書類を拾い集めるフランツが、困った微笑みを浮かべていた。

「これは、いかがされましたか？」

「ああ、拾わなくても大丈夫ですよ。私が会長を怒らせてしまって」

エリアスは可哀想に思って、書類を集めて机の上に並べる作業に最後まで付き合った。

きないでいた。


「ありがとうございます。助かりました」

「いえ、それはいいのですが。しっかし不思議ですよねえ、旦那様はどうしてあんなに皆から慕われているのか」

この屋敷の者たちはアルフォンソのことを慕っている。いまひとつエリアスには理解できないでいた。

アルフォンソ・ベルンハルト。

どこでその名を聞いても、あくどい噂しかでてこないという商人の男である。私生活においても四回も結婚しており、派手な暮らしや趣味を好む好色家としても有名だ。

「エリアスさんは、実際に会長と接してみていかがでしたか?」

「それは、噂とは違うな、とは思います。悪い人ではないですし、好色家ではないですね。ただの精神不安定な人だと思っていますよ」

「はは、手厳しいですね」

フランツは朗らかに笑って、執事の暴言を聞き流した。疑心を抱くエリアスの話は続く。

「ここの人たちは旦那様をまるで本当の母親のような慈愛に満ちた視線で見守っていますよね。あの奥様ですらここ数ヶ月は旦那様を温かい目で見るようになって、いったい何が起こったのかと」

ここに住む者たちはアルフォンソに寛大で、どんなに暴言を吐こうが、物に当たろうが慣れているからと言って気にしていない。結婚した当初、冷たい視線ばかり浴びせていたメルセデスも最近はすっかり態度が軟化している。

「皆、会長の本性をご存知なのですよ」

「本性、ねえ」

「とてもお優しい方なのです」

「ふうむ。本当は優しいと。なるほど、なるほど。ですが、さらに不明なのは、あなたですよ、フランツさん」

「え？　私ですか？」

フランツはアルフォンソを、深い尊敬の眼差しで見ているときがある。いつも怒鳴られてばかりだったので、首を捻ってしまった。

「本当に、会長はすごい人なので」

「そうですか」

納得できないエリアスは、フランツとアルフォンソの話を聞いてみたいと申しでる。

「長い話ですし、面白い話でもないのですが」

「いえいえ、ぜひともお聞かせください。ちょうどここに紅茶がふたり分あることですし」

エリアスは勝手に紅茶を淹れ始め、菓子と共に並べた。フランツは紅茶を手に取り、静かに始める。

――フランツ・ヴェンデル。

父親のいない環境で育ち、五歳のときに母親が亡くなって孤児院に連れていかれた。八歳のときに父親が引き取りにきて、生まれ育った王都を離れることとなる。

突如として現れた父親は風景画家。

各地を転々としており、ひとつの街に留まることはなかった。

父親は売れっ子画家というわけではなく、貴族に絵を売ってささやかな暮らしをしていた。だが、長引く内戦の影響で、絵はなかなか売れにくくなる。

国内は危険なため、フランツの父親は隣国にある小さな村に家を買ってそこで暮らし始めた。

村での仕事といえば、野良作業が主。始めはフランツの父親も真面目に行っていたが、賃金の少なさに見合わない労働の要求で雇用主と揉めてしまい。結果、早々に仕事を辞めてしまった。

それから食堂の皿洗いに、道具屋の店員と職を転々とするが、どの仕事も長くは続かなかった。父親が働いている間のフランツは家でひとり遊びをするという毎日を送り、心の慰めといえば孤児院から持ってきた玩具くらいだったという。

それから二年が経って、フランツの父親はとうとう働かなくなった。借金を重ねて暮らし、家にあった画材で一日中絵を描き続けるという生活を送っていたのだ。フランツが話しかけても反応はなかった。可哀想に思った村長が食事を分けてくれたり、孫と遊ばせたりと、面倒を見てくれる。しかしながら、外から移り住んだ少年は、いつも大人に見えない場所で仲間はずれにされていた。

そのように暗い少年時代を過ごしたフランツは、十歳の頃より働き始める。村で子どもができる仕事といえば、早朝の野菜の収穫や皮剝きくらい。小遣い程度の収入にしかならなかった。その収入で、すでに借金まみれとなった無職の父親を養うという無茶をしていた。

親切な雇用主は余った野菜などを分けてくれたので、食事にはそこまで困っていなかった。だが、途中で病気になってしまった父親の薬代だけはどうにもならなかった。

フランツの父は毎日絵を描いている。金髪で緑色の目をした女性を描き、恍惚（こうこつ）とした表情を浮かべているのだ。もう、フランツの姿など見えておらず、ただ一心不乱に絵を描き続けていた。

そんな父親を、フランツは心から軽蔑していた。

絶望とも言える中でひとりの男がフランツの家を訪れる。それは身なりの綺麗な、若い紳士だった。フランツの顔を見るなり顔を歪め、父親はどこにいるかと聞かれたが、恐ろしくて何も答えられなかった。

その男こそがアルフォンソ・ベルンハルト。

二十三歳の若き商会長は、フランツの父の知り合いだと言って借金を肩代わりするというまさかの行動にでていた。

当時のフランツは、アルフォンソのことが恐ろしくて仕方がなかった。

常に不機嫌顔で、上から見下ろす視線に穏やかさなどは欠片もない。言葉少なに話しかける声は荒いもので、不幸な子どもに対する配慮も見られないという有様だったから。

本来ならば借金を肩代わりしてくれた親切な男であるはずなのに、見た目と行動が伴っていなかったのである。

そのときのアルフォンソはひとり目の妻の裏切りが原因で離婚していて、心がささくれていた。事情を知らないフランツは酷く怯えていたというわけである。

それから数ヶ月と経たずに、フランツの父親が亡くなった。どうしようかと困り果てているときに、再び不機嫌面のアルフォンソが現れる。

天涯孤独となったフランツに、アルフォンソは手を差し伸べた。そして、「父親の借金の代わりにベルンハルト商会で死ぬまで働け」と言い放ったのだ。

その後、フランツは再び孤児院に出戻ることとなる。しかしそこは、彼が昔住んでいた時代の孤児院とはかけ離れていた。綺麗に建て替えられた建物に、腹を空かせていない子どもたち、そして毎日のように訪れる教師はさまざまな知識を惜しげもなく与えているという。劣悪な環境から、豊かな生活の場となっていたのだ。

これもすべてアルフォンソの援助で成り立っている。孤児院の子どもたちを、将来ベルンハルト商会で働かせるための投資だと院長は話していた。

「それから、字すら書けなかった私はさまざまな学問を学び、十五歳の頃から三年間は経済学を学ぶために留学もしました」

「それは素晴らしいお話ですね。それは学問の才能があったフランツさんだけが行ったのですか？」

「いえ、学問の才能なんてぜんぜん。希望者は誰でも行けるようになっています。ただ、私は会長に行くように言われていたので」

「そうでしたか」

そこでフランツの話は終わる。他の人にこの話は口外しないように言い含めてから、また商会舎に戻ると言ってフランツは部屋からでていった。

エリアスも茶器の始末をして、厨房に手押し車を返す。それから早足で向かったのは、地下の物置だった。幸いアルフォンソはでかけていたので、エリアスの行動を訝しむ者はいない。勝手に借りてきた鍵で扉を開き、中へと入る。

そこにあるのは、アルフォンソが競売で落札したという先日届いた四枚の絵画だ。

エリアスは以前、アルフォンソの母親はロイド・ヴェンデルという画家を愛人として囲っていたという噂話を聞いていた。だから、ぜひにと競売に行くように勧めたのだ。

母親の裸婦画を見たら、口うるさい親父も落ち込むだろう。普段、怒鳴られ続けている主人に対する、ちょっとしたいたずらのつもりだった。

包みの中にあるのは、アルフォンソの母親の裸婦画だろう。綺麗に包まれた絵画の前で、エリアスはどうするか一瞬だけ悩む。ヴェンデル、という家名はよくある名だ。

ロイド・ヴェンデル。

フランツ・ヴェンデル。

これは、偶然かもしれない。だが、好奇心に勝てずに、目の前の包みを開封してしまった。そこには、金髪にエメラルドの瞳を持つ裸の女性が描かれている。

これはすごい、と息を呑む。裸婦画はエリアスの想像を超えていた。

アルフォンソが買った絵画が、フランツの父親が描いていたとされる〝金髪でエメラルドの瞳をした女性〟かを確認したかっただけだった。

それなのに、そこに描かれた女性はフランツ・ヴェンデルと面差しがよく似ていたのだ。

エリアスは黒革の手帳を取りだすと、先ほどフランツから聞いた話を思いだしながら書いていく。

その手帳はここで調べたアルフォンソについての個人的な情報を記したものだった。

アルフォンソ・ベルンハルト。なんという数奇な人生を歩んでいるのか。

今日、この場でほとんどすべての点と点が繋がったように見えた。

三回の離婚の末に大きくなったベルンハルト商会の謎、自らの悪評を放っておくわけ——執務室にあった婚姻届に離縁届——養子縁組み申告状の使い道——仕事を急にしなくなった理由——これらには、一つの目的がある。

だが、いくら調べてもわからないこともあった。それはアルフォンソが何をきっかけに愚かな行動にでようと思ったか、という動機。これについてはこのまま観察を続けるしかないだろう。エリアスはほくそ笑みながら思う。

エリアスは満足げに手帳の中身を読み返し、パラパラと頁を捲る。

そして、何も書かれていない中表紙に気がつくと、ある言葉を書き込んだ。

——成金商家物語、と。

とある不幸な生い立ちを持っていて、うっかり成金となってしまった商人の男とその家族の実記である。

エリアスは自分が楽しむことを目的として、書き綴っていた。

その物語の結末は、まだ、誰も知らない。

第九章 成金商家の男は、未来を託す

日の出前の暗い屋敷の外周を、アルフォンソは犬のコルトと共に走る。

食生活の改善と軽い運動を始めて早一ヶ月半。外見の変化は確実に現れていた。

落ち窪んでいた眼窩は元の状態へと戻り、頬にも肉がつき始めている。

軽い運動として始めた小股走りだったが、だんだんと息切れせずに長時間耐えられるようになった。

今までは少し走っただけで息切れし、芝生に転がって息が整うのを待っていた。

そうなると、コルトは大喜びでアルフォンソに飛びかかってくる。

しかし、今のアルフォンソは芝生に倒れ込むほどの疲労も感じなくなり、コルトも賢者のような顔をしながら主人の顔を見あげている。今までのように興奮して飛びかかることはない。

成長したのはアルフォンソだけではなかった。コルトもまた、鬼教官(メルセデス)の指導によって生まれ変わった。アルフォンソもコルトも、今日の状態に至るまで、さまざまな試練を乗り越えてきた。

ひとりと一匹には辛すぎる毎日だったが、努力は実りつつあったのだ。互いに顔を見合わせ、健闘をたたえ合った。

コルトを連れ帰った日の夜、アルフォンソはひとりで食事を取った。肉体改造のためのメニューを、時間をかけて平らげなければいけないからだ。

メインは大きな肉を豪快に焼いた、赤ワインとバターのソースが添えられたもの。

若者ならば喜んで食べる料理だったが、アルフォンソからでてくるのはため息ばかり。

そもそもアルフォンソは焼いた肉というものが苦手だった。

赤身の肉臭さは吐き気を催してしまう。今まで、食べるのを避けるようにしていた。

しかし今日からは、腹を括(くく)るほかない。

ますはスープやサラダを食べて胃の調子を整えてから、肉に挑む。

肉用のナイフを手に取って、こんがりと焼かれた表面に切り込みを入れた。とても、柔らかい肉だった。小さく切った肉をフォークに刺して、口の中へと運ぶ。きめ細やかなサシからは肉汁が溢れ、ソースと絡まりながら噛むたびに甘味も滲みでる。いい肉だと感じていたが、美味しく味わうことは難しい。食べても食べても減らない肉と戦うこと一時間半。腹ははち切れそうになり、胃を休めるのにそれから一時間はかかった。

それから風呂に入ってふらふら廊下を歩いていたら、急に具合が悪くなってその場にしゃがみ込む。しばらくしたら治るだろうと思って大人しくしていると、メルセデスに発見されてしまった。

「アルフォンソ様？　いかがされましたか？　具合が悪いのですか？」

メルセデスが接近するよりも早く、アルフォンソは吐き気を催して走りだす。トイレへ向かってまっすぐに。そのあとをメルセデスは追いかける。途中で擦れ違った執事は、全力疾走をする主人と奥方を不思議そうに視線だけで追っていた。

結局、胃の中のものはすべてなくなってしまった。無理して食べたのがいけなかったのか、胃は今もズキズキと痛んでいる。背後ではメルセデスがアルフォンソの背中を優しく摩ってくれる。余計に惨めで、辛い気持ちになった。

メルセデスはアルフォンソが落ち着いたのを確認すると、廊下へとでた。ちょうど近くに執事がいたので、手招きをして呼び寄せる。

「奥様、旦那様はどうなさったのでしょうか？」

「少し気分が優れないようです。お湯で濡らしたタオルと乾いたタオル、蜂蜜を溶いた水を多めに持ってきてもらえますか？」

「かしこまりました」

メルセデスは再び中へと戻る。

「アルフォンソ様、ここはあまり清潔ではありません。隣の洗面所へ行きましょう」

メルセデスはアルフォンソの腕を引いて立ちあがらせ、背中を支えながら洗面所へと移動する。

それから数分後、執事はタオルと蜂蜜水を持ってきた。そのまま下がらせる。

「アルフォンソ様、水には蜂蜜が溶いてあります。それでよく口をゆすいでください」

蜂蜜には殺菌効果があるようだ。

食事もまともに取れないどころか、メルセデスに迷惑をかけてしまった。恥ずかしいだけでなく情けない。アルフォンソは謝罪の言葉を、喉から絞りだした。

「すまない……」

「いえ、こういうのは弟たちの世話で、慣れておりますので」

メルセデスの優しさが、弱りきった心に沁み入るようだった。

そのあと、トイレからでてきた夫妻を執事が迎える。苦しげに胃を押さえるアルフォンソを見て、執事はいらぬ発言をしてくれた。

「おやおや、旦那様、もしかして、おめでたですか？」

言い返す元気もなかった。代わりに、メルセデスがぴしゃりと注意する。

「言葉を慎みなさい、エリアス・ブライトクロイツ！」

執事は頭を下げ、反省した素振りを見せる。メルセデスに怒られたときは、執事も殊勝な態度でいるのだなと、腹立たしく思った。

アルフォンソは寝台の上に寝転がると、体を折り曲げて苦痛を耐え凌ぐ。

この先二時間ほどは水も飲んではいけないと言われたので、しばらく眠ろうと瞼を閉じた。だが、胃の周辺がチクチクと痛み、意識を手放せない。

それにしても、メルセデスに迷惑をかけてしまったと申し訳なく思う。彼女は小さな子どもや大きな犬だけでなく、アルフォンソにまで優しい。懐の深さに感謝した。

昨日の失敗を踏まえて、厨房の調理担当と食事の品目について話し合いをした。肉は無理して大きなものを食べずに、普段のように柔らかく煮込んだものにする。

その次の日から犬と運動も始めてみる。すると運動量に比例して、日に日に食事量も増えていった。

こうして過ごすこと一ヶ月半余り。

すっかり健康体となったアルフォンソは一度目の採血を行うことに成功した。

「今回の採血で一粒分の血液をいただきました。メルセデスさんとは相性がいいので、少量で済みましたよ」

「そうか。どのくらい薬を作ったら、魔力はすべて回復する？」

「うーん。そうですね、多めに見繕って十粒くらいでしょうか。次は一ヶ月後ですね」

「血液の採取は、もしや一ヶ月に一度なのか？」

「当たり前ですよ。採血の頻度は決まっていますから」

アルフォンソは週に一度くらいの頻度で、採血できるものだと勝手に思い込んでいた。再来月に王都からでると決めていたので、予定が狂ってしまう。

魔法研究所から帰宅したアルフォンソは、廊下の角を曲がろうとした瞬間に「待て！」という声を耳にする。思わず、動きを止めてしまった。

「少し、そこで待っていてくださいね」

廊下の角の先にいたのはメルセデスとコルト。

アルフォンソのいる方向に背中を向けた犬は、去っていくメルセデスの命令を聞いて待機している。アルフォンソが近づいても動く気配はなく、尻尾だけ振って喜びを表していた。

彫像のように動かないコルトの前に座り、肉と毛皮で弛(たる)んでいる首元を撫でてやった。

「犬はいいな、気楽で」

三食昼寝つきで、命令を聞けばいい子だと褒めてもらえる。責任もなければ、ふるまいすら自由だ。主人に尻尾を振って可愛がられ、世話までしてもらえるなんて最高だろう。

最近は訓練のお陰で、すっかり落ち着きのある利口な犬へと成長している。そんなコルトを、メルセデスはしきりにいい子だと褒めていた。

「羨ましい」

最近はコルトの世話で忙しいのか、アルフォンソはメルセデスとゆっくり話をしていない。アルフォンソへの対応の優先度は、犬以下なのだろう。

犬の姿だったら自分の気持ちに素直に生きられるのにと考えて、無意識のうちにその願望が口から漏れてしまった。

「犬になりたい」

「え？」

アルフォンソの願望を聞いてしまったのは、あろうことかメルセデスだった。

真新しい首輪と散歩紐(ひも)を握ったまま、無表情でその場に佇んでいる。

対するアルフォンソは顔がカッと熱くなるのを感じる。硬直状態で視線をメルセデスに向けたまま、言葉すら発せずにいた。

メルセデスは一度顔を背ける。再びアルフォンソのほうを向いたときには、何か腹を括ったような表情でいた。

メルセデスは首輪と散歩紐をぐっと握り締め、アルフォンソに提案する。

「その、アルフォンソ様、散歩に行かれますか?」

アルフォンソはメルセデスの言葉に心底驚く。散歩に行く、というのは犬になりたいという願望を叶える気なのかと。

「アルフォンソ様。私にできることがありましたら、なんでもおっしゃってください」

「さ、先ほどの発言は忘れろ! これがお前にできることだ!」

捨て台詞(ぜりふ)のようにして言ったあと、アルフォンソはその場から逃げだした。

あまりの恥ずかしさに少しだけ涙ぐんでいたが、誰も知る由はない。

アルフォンソは手紙を前に、渋い顔を見せていた。
開封もされずにある白い封筒は、年に一度王城である夜会の招待状だ。
去年までのこの時季は、外国に宝石の買いつけに行っていたので毎年不参加だった。
今年はフランツが数人の部下を連れて買いつけに行ったため、アルフォンソは絶対に参加しなくてはならない。

というのも、この夜会は王族の傍系であるミスティカ公爵家が主催している。そのため、この招待状は特別強制参加券と言っても過言ではなかったからだ。

招待状には参加を誘う文と共に公爵より直筆で奥様もご一緒に、という一文が添えられていた。

……絶対に、行きたくない。

アルフォンソは頭を抱え込む。上品な貴族ばかりが参加する夜会ならまだしも、今回のものは各地の商会の代表も招待されている。中にはアルフォンソのことを目の敵にしている輩（やから）もいるだろう。今から憂鬱になる。メルセデスは参加せずに当日は家に残ってもらおう。そう伝えたが、彼女からの言葉は予想外だった。

「私も参加します」

メルセデスは煌（きら）びやかな場所など苦手だと思っていた。だから参加しなくてもいいと言ったら、従うだろうと信じて疑わなかった。

「先日公爵夫人より個人的にお手紙をいただいて、孤児院への慈善活動についても話をしたいと書かれてありました。それで、ドレスを一着新調したいのですが、よろしいでしょうか？」

「十着でも、二十着でも、勝手に作ればいい。断りは不要だ」

「はい。ありがとうございます」

アルフォンソはふと、ドレスを買うのに了承を取る妻に疑問を感じた。抽斗の中からベルンハルト家の帳簿を手に取り、先月の支出を眺める。

メルセデスは服を一着も買っていないどころか、化粧品などの消耗品や酒や菓子などの嗜好品も一切購入していなかった。

これらの帳簿は数ヶ月前より、メルセデスがつけるようになっていた。一ヶ月目に確認して問題がなかったので、それ以降は見ていなかったのである。

「おい。先月の、その他のわずかな支出はいったいなんだ？」

「それはコルトの爪きりです」

メルセデスが先月買ったものは、犬の爪きりだけだった。素晴らしく金のかからない女である。呆れて言葉もでてこない。

「まったく、このような倹約をしているとは」

「別に、倹約をしていたわけではありません」

「物欲がないのか？　お前は庶民の妻でもやっていけそうだな」

「それは無理です」

「どうしてだ？」

「私はアルフォンソ様の妻ですから。それに、私が欲しいものはすべて、このお屋敷の中にありますので」

確かに衣食住は保障されている。だが、同じような毎日では刺激が足りなくなり、その物足りなさを買い物などで発散させるのが女性という生き物だ。アルフォンソはそう思っていたが、メルセデスは違うと言う。

「まあ、よくわからんが、屋敷内にあるものは、好きにするといい」

「ありがとうございます」

嚙み合っているようで嚙み合っていない会話をしたあと、メルセデスは退室していく。

それからあっという間に夜会当日となった。

憂鬱な気分を引きずったまま、久々に礼装をまとってでかける準備を始める。

鏡の前で髭を剃ってから髪の毛を整える。以前より肉がついたからといって男前になるわけでもなく。鏡には相変わらず人相の悪い男が映っていた。気合いを入れるために両手で頰を叩く。ただ、痛いだけだった。慣れないことはするべきでない。

使用人からメルセデスの身なりが整ったと声がかかったので、アルフォンソも玄関へ向かう。執事がにやにやしながら、しょうもないことを話しかけてきた。

「奥様のほうが旦那様より支度が早いというのは、前代未聞ですね。さすがベルンハルト家です」

「何がさすが、だ。いや、そんなことはどうでもいい。あれはどこに行った？」

「ああ、奥様はドレスの裾が長いので、乗り込むのに時間がかかるそうです。先に行かれたようですよ」

「わかった」

「それでは旦那様、いってらっしゃいませ」

手を振る執事を無視し、アルフォンソは外にでた。

季節は移ろい始め、夜になれば吹く風も冷たい。外套の襟を寄せて風が入り込まないようにしながら、馬車の停車位置まで歩く。

「遅くなった」

馬車へ乗り込みながら中にいるメルセデスへ謝罪を入れる。

「いいえ、私も少し前に乗り込んだばかりです」

裾の長いドレスなので歩きにくいとメルセデスは言って、困った表情を浮かべている。

新しく仕立てたドレスは、真っ赤な生地を使った品だった。袖はなく、胸元は大きく開いており、上半身から膝にかけて体の線に沿った形となっている。膝から下は魚の尾ヒレのように広がっていた。この形は、社交界での流行だという。

メルセデスの化粧はいつもより濃く施され、唇には赤の紅が引かれている。

ドレスや化粧はある意味似合っていたが、メルセデスらしさは少しも残されていなかった。まるで性悪女のようだとアルフォンソは妻のめかし込んだ姿を観察する。彼女には赤いドレスよりも、落ち着いた青系統のドレスのほうが似合う。

「そのドレスは、お前が選んだのか？」

「はい。私が」

使用人が決めたのなら文句のひとつも言おうとしたが、本人が好んでしている格好ならば口を出してはいけない。そのまま黙り込む。

馬車で揺られること三十分ほどで、王城に到着した。会場付近はたくさんの人で溢れ返っている。

「公爵夫妻に挨拶して、さっさと帰る」

「はい、わかりました」

入り口で招待状を提示し、会場の中へ入る。身動きが困難なほどの人で埋め尽くされており、さまざまな香水が混ざって悪臭となっていた。

先に大きな人垣が見える。あれの中心に公爵夫妻がいるのだろう。長い道のりだとため息をついた。人の隙間を通って前に進むが、アルフォンソを見る周囲の目は冷たいものだった。

どんどん歩いて、先へと進んでいく。メルセデスとはぐれたのに気づいていたが、探そうとはしなかった。

「ああ、見て、珍しいね、ベルンハルト商会の会長だ」

「あの悪徳と名高いベルンハルト商会の？」

擦れ違う人々は、これ見よがしにアルフォンソの噂話をし始める。これだからきたくなかったのだと、苛立ちを抑えながら前に前に進んでいった。

「アルフォンソ様、待ってください！」

メルセデスの声が聞こえていたものの、アルフォンソは振り返らない。一緒にいたら、メルセデスまで悪く言われてしまうだろう。そんなことを、考えながら進む。

急に腕を引かれて背後を振り返る。メルセデスが必死の形相で腕を掴んでいた。いくら声をかけても待ってくれないので、走ってきたという。

メルセデスはアルフォンソの腕に手を絡ませて、身を寄せた。

「な、何をしている！　私から離れろ！」

「離したらまた、おひとりで行かれてしまうのでしょう？」

アルフォンソの隣に並ぶメルセデスを見ると、周囲は一気にざわつく。ヒソヒソと噂話を始めたようだ。

「なんだ、奥さん、きているじゃないか」

「金で買われた奥方か」

「三回も結婚した男に嫁ぐなんて、何を考えているのだか」

「きっと嫁ぎそびれて、焦っていたのね」

アルフォンソは周囲の者たちをジロリと睨みつけ、メルセデスを離そうと肩を押す。自分の悪口は我慢もできるが、メルセデスの悪口までは耐えきれなかった。

「おい、何をしている。私から離れろと言っているではないか」

「アルフォンソ様は、お忘れなのですね」

「何がだ？」

「私たちが夫婦だということを」

「それくらいわかっているわ」

あまり大きな声で言うと目立ってしまうので、極力声を抑えたまま会話を続ける。

「早く、邪魔だから離れろ。夜会で夫婦がこうしてくっついて歩かなければならないという決まりはない。耳を傾けてみろ。不似合いな夫婦だと、噂されているではないか」

「もしかして、私まで悪口を言われてしまうから、そんなことをおっしゃってくださるのですか？」

「それは、違う」

メルセデスから顔を背けたアルフォンソは苦虫を嚙み潰したような、不愉快そうな顔で舌打ちをする。

「アルフォンソ様。泥を被るなら、私も一緒に」

どくんと、胸が跳ねる。

このような言葉をかけてくれた者は誰ひとりとしていない。

いつも、いつでも、アルフォンソは孤独だったから。瞼が、じわりと熱くなる。しかしながら、ここで涙を見せるわけにはいかない。

「アルフォンソ様、今日はあなたと並ぶに相応しい装いでやってきました。だから、どうかお願いします」

このときになって、メルセデスのドレスの意味を理解する。彼女は人相の悪いアルフォンソと並んでも違和感のない格好をしていたのだ。

それに気づいた瞬間、周囲の雑音が一切耳に入らなくなる。

チラチラとこちらを窺う視線も、アルフォンソを見て笑う様子も、何もかもが気にならなくなったのだ。

「急ぎましょう、ここは、空気が悪い」

その後、無事に主催者に挨拶を済ませ、やっとのことで休憩できた。

人込みを避けるようにして露台（バルコニー）へと避難し、一息つく。

メルセデスはどこからか貰ってきた飲み物を、アルフォンソへと差しだしてくれた。

「お疲れになったでしょう？」

「まあな」

会場の中では音楽隊による演奏がなされ、招待客らはダンスに興じている。その様子をぼんやりと眺めながら、アルフォンソはうっかりジュースに口をつけた。

一口含んで、これがジュースでないことに気づく。

「な、これは酒じゃないか！」

「そう、でしたか？　きちんと、ジュースをくださいと、言ったのですが」

メルセデスのグラスは、すでに空になっていた。飲み足りないのか、物欲しそうな顔でアルフォンソのグラスを眺めている。

「あの、アルフォンソ様、飲まないのなら、私にくださいませ」

「こ、これは駄目だ！　私が一度口をつけたから——じゃなくって。お前は酒を飲むなと言っていただろうに！」

度数の高い酒だったからか、メルセデスはとろんとした目つきになっており、頬も紅く染まっている。

「ほら見ろ！　もう酔っているではないか！」

「酔って、おりません」

「お前は、自分の状態すら自覚していないのか？」

「おかしいとしたら、月光のせいですよ」

「はあ⁉」

古い言い伝えで満月の明かりを浴びると、人は酔いしれるとメルセデスは語った。

「アルフォンソ様、ください」

「もう駄目だと言っている」

アルフォンソはメルセデスの手を握ると酒を外に捨て、空のグラスを持って会場へと戻った。

「屋敷の中の存在（もの）は、好きにしてもいいと言ったのに」

そんなメルセデスの呟きにも気づかぬまま、アルフォンソは妻の手を引いて帰宅の途につく。

こうして、夜会は何事も起こらずに、無事に乗り越えられた。

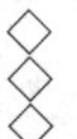

メルセデスは十人ほどの若い女性陣の中で、ひとり困惑していた。

「ほら！　大丈夫、怖くないでしょう？」

その隣で妙齢に見える女性が笑みを深める。

ここはミスティカ公爵家の庭。周囲には美しい薔薇の花が咲き乱れていた。茶が飲めるようにテーブルと椅子が並べられ、使用人たちが優雅に準備を進めている。

「さあさあ、席に着いてちょうだい。メルセデスは特別に真ん中へどうぞ」

着席したメルセデスの前に、カップが準備される。注がれた紅茶を眺めながらメルセデスは、どうしてこうなったと心の中で頭を抱えていた。

事の始まりは一週間前まで遡る。公爵家から届いた手紙に、夫人からの茶会の誘いが書かれていた。

元平民の母親が、貴族女性の茶会は戦場だ、と話していた。メルセデスは正直向いていないと思っていたが、公爵夫人の誘いを断れるわけがなかった。

メルセデスは渋々と、返事を書く。

開催日は一週間後。公爵夫人の他に、十名の女性がいると記されていた。

きちんとしたふるまいができるものか。メルセデスは心配だった。

公爵家のお茶会当日。

メルセデスは極力目立たないように、地味な装いで挑む。遅れないよう早めに家を出発し、約束の時間ちょうどに公爵家に到着した。公爵家の執事より案内されたのは、薔薇の咲く庭園。メルセデス以外の参加者はすでに到着しており、美しく着飾った公爵夫人が迎える。

開口一番に、「ほら！　大丈夫、怖くないでしょう？」と言う。それは、メルセデスに向けた言葉ではない。前回の夜会で、メルセデスが派手な装いをしていたので、皆が怖がっていたようだった。

「あなたたち夫婦はふたりとも背が高いでしょう？　威圧感がすごかったのよね」

「それは、申し訳ないことをしました」

「いいえ、私は見ていてとても面白かったから。それよりも紅茶を温かいうちにお飲みになって」

「はい。いただきます」

メルセデスは勧められるがまま、目の前に置かれた紅茶を飲む。花のような香りがふわりと鼻腔を掠め、濃厚で深い渋みが口の中に広がる。

「紅茶のお味はいかがかしら？」

「美味しいです」

「それはよかった」

メルセデスは失礼にならない程度に、他の招待客に視線を送る。

二十代の若い娘が大半を占めていて、大人しそうで自己主張の少ない格好をした女性ばかりいるように感じていた。

「ここにいる子たちはね、わたくしの子猫ちゃんなのよ」

「子猫、ちゃん？」

「ええ、そう。でもあなたは、子猫ちゃんって感じはしないわね」

夫人の言う通り、おどおどとメルセデスを見る若い女性たちは臆病な子猫のように思えた。

「メルセデスはどちらかといえば、犬系の生き物よね」

「好きなように、お呼びください」

「うふふ、冗談よ」

公爵夫人は貴族の夫人を茶会の席に招くのが趣味で、悩みを抱えていそうな子を見つけてはこうして囲っているのだという。

「あなたも何か悩んでいるように見えたのよ」

「悩みなど――」

あるにはあるが、家庭の事情など人に話せるようなものではない。

「申し訳ありません、悩みができたら、お話しします」

「そう。まあ、いいわ。さあさあ、お菓子も食べて。楽しく話しましょう」

公爵夫人の茶会とは、言ってしまえば若妻の悩み相談会だった。自分の知らない世界の話を聞きながら、メルセデスはさまざまな家庭や事情があるのだな、と衝撃を受ける。

特に三番目に話をした奥方は、ベルンハルト家とよく似た問題を抱えていた。

「旦那様は私より十五も年上で、あまり相手にしてくれないのです」

「まあ、娶っておいて失礼な人ね」

「どうすればこの溝が埋まるのかと考えたら夜も眠れなくって。旦那様と本当の夫婦になるのは、難しいのでしょうか?」

「心配しなくても大丈夫。どこの夫婦も試練を乗り越えた末に家族になれるのよ。元々は他人同士、慣れるまでに時間がかかるのは普通なの」

公爵夫人は的確な助言をする。暗い表情を浮かべていた女性の顔も、話が終わる頃には少しだけ明るくなっていた。

「そうだわ！　メルセデスには旦那様のお話を聞こうかしら。どんな人なのかとっても気になっていたのよ。だってお相手はベルンハルト商会のあのお方ですもの」

メルセデスは夜会の日に初めて、アルフォンソについての噂話を聞いた。どれも酷い難癖のようなものだったことを思いだす。

「アルフォンソ様は、とても真面目で優しいお方です。周囲で囁かれている噂は、すべて真実が曲げられたものなんです」

「そう、他人の噂って聞くのは面白いけれど、当事者にしてみればいい迷惑よね。失礼なことを聞いてしまったわね。話を変えましょう」

公爵夫人はメルセデスとアルフォンソの結婚生活について質問を投げかける。結婚当初はたくさん怒鳴られていたことを、随分と昔のことのように振り返った。メルセデスの中での夫婦の見本は両親。母親が父親にしていたことを、よく考えもしないでアルフォンソへとしてしまった失敗があった。

夫を起こし、シーツを換えて、新聞を手渡してから紅茶を淹れる。ブランシュ子爵家では毎朝の光景だったが、アルフォンソにとっては驚愕の行動だったらしい。

メルセデスの母はわりと使用人を無視してなんでもやってしまうので、そのときはそれが普通だと思い込んでいたのが間違いだったのだ。以上が結婚一日目にしてアルフォンソに怒られた話である。

「大変だったのね。あなたも、旦那様も」

「はい。参考にした私の母が規格外だったために、たくさん迷惑をかけてしまいました」

メルセデスの母が結婚前にしつこく「他家へ行儀見習いに行きなさい」と言っていたのはこういう意味だったのかと。そのときになって納得した。

「どうして、ベルンハルト家に嫁ぐことになったのかしら?」

アルフォンソと結婚をしたのは親の勧めがあったからだ。それ以外に理由はない。そのことを伝えると、公爵夫人はがっかりしたような顔になってしまう。

「だったら旦那様のどこが好きなの?」

「それは――」

アルフォンソ・ベルンハルト。短気で口が悪く、若くもないし、見た目も残念。誰が見ても、夫として好きになる要素はない男。唯一の美点といえば、金持ちで国内屈指の商会長だということばかり。以上が外側から見えるアルフォンソの姿である。

その妻であるメルセデスがどう思っているのか、気になって仕方がない様子だ。

メルセデスはアルフォンソへの気持ちを口にする。

「とても、可愛らしいお方です。どこが、と聞かれたら説明が難しいのですが」

「十二歳も年上の旦那様が、可愛く見えるの？」

「ええ。不思議と」

「そうなの。素敵ね。今日、メルセデスのお話を聞いて、噂が適当だということがわかったわ」

「ありがとうございます。私自身も、夫本人から、話を聞いたわけではないのですが」

いつか心を開いて話してくれるかもしれない。そう呟くと、公爵夫人はそれだけでは駄目だと言う。

「心の扉は待つだけじゃあ開かないの。鍵を見つけても、相手に拒否されたら開けないでしょう？」

「そういうときはどうすればいいのでしょう？」

「征服すればいいのよ。開かない扉なんか叩き割って、無理矢理中へ入って、力ずくで制圧するの」

公爵夫人は言う。男とはなかなか素直にならない生き物であると。いつまでも心を許さない場合は、感情を征服するのが一番効果的だという助言をしてくれた。

「参考書があるから貸してあげるわ」

「あ、ありがとうございます」

その後、公爵家の執事は〝征服のススメ〟という本を手渡してくれた。パラパラと頁を捲ってみると、それは他国の軍事指南書であった。人を陥落させることに使える本なのか疑問である。ただ、何かのヒントになるかもしれない。ありがたく、借りることにした。

茶会から帰宅したメルセデスは、本を読み進める。なかなか興味深い内容であったものの、読んでいると眠たくなってきた。半分ほど目を通し、本を閉じる。

少しだけ、眠ろう。

メルセデスは本を読み進めるのを諦め、長椅子の上に横になった。

「おい、おい、起きろ‼」

気持ちよく眠っているのを邪魔する者が現れる。メルセデスは抗議の代わりに、ぎゅっと眉間に皺を寄せた。

「こんなところで眠れば風邪を引くだろうが！」

「ん……アルフォンソ、様？」

耳元で聞こえていたアルフォンソの声で目覚める。不機嫌そうにしている顔を、寝転がったまま見あげた。

「何か、用事でしたか？」

「お前の母親から手紙を預かってきた」

アルフォンソはメルセデスの実家に、ジルヴィオとコルトを連れて遊びに行っていたらしい。疲れた表情で、母親から預かってきた手紙を渡してきた。

「ありがとうございます」

「別についでだったから礼はいらん」

「手紙もですが、ジルヴィオとコルトを実家に連れていってくれて、嬉しく思います」

「暇だったからな。それはそうと、お前は何を大事そうに抱き締めて眠っていたのか？」

メルセデスは本を胸に抱き締めながら眠っていたことに、今さらながらに気づく。

「征服のススメ、だと⁉　お前は何を征服するつもりなのか⁉　ま、まさか、茶会で、よからぬ計画を立てていたのか？」

「違います」

「では何を征服しようというのだ？」

ここではっきりと言ってもよかったが、さすればアルフォンソは警戒して隙を見せてはくれないだろう。〝征服のススメ〟にも書いてあった。用心深い国は力任せに特攻してはいけない、と。

「アルフォンソ様、知識の使用方法とは一通りではありません」

「その本を読んで、征服以外に役立てようというのか？」

「はい」

「例えばなんに使う？」

「教育、とか」

かなり苦しい言いわけだと思い、本を抱き締める腕にも力が入る。だが、意外にもアルフォンソは簡単に納得してくれた。

「まあ、そうだな。思春期の子どもは手がつけられなくなるというから、案外役立つかもしれない」

なんとか話を逸らすことに成功した。

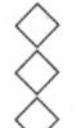

アルフォンソはひとり、魔法研究所へ向かった。本日は三回目の採血の日である。
「ベルンハルトさん、少しだけ言いにくいのですが……ちょっと痩せてきていませんか？」
薄々勘づいていることを指摘されて、アルフォンソは黙り込む。食事もきちんと取っているし、運動も毎日欠かさずに行っていた。それなのに、半月ほど前から肉が落ち始めていたのだ。

「このまま体重の減少が続けば、来月は採血できないかもしれません」

「それは困る」

「だったらもう少しだけ、体重を増やしてください」

二十代前半のときは今よりも肉づきがよかったのに、どうしてこのような体質になってしまったのか。アルフォンソは首を傾げる。ヤナ所長はこの体重より減ったら採血は不可能という数値を示し、アルフォンソへ注意を呼びかけた。

そして、それに加えてさらにお願いがあるという。

「お薬が完成したので、メルセデスさんに渡してくれませんか?」

「なぜ私が? 魔法医である所長から処方されたほうが自然だろうに。それになんと言って渡せばいいのか」

「明日検診日なので、一晩経った状態の数値を調べたいのです。薬は私から預かってきたと言ってください」

アルフォンソは自分の血から作った気持ち悪い薬を、妻に直接渡さなければならないようだ。一気に憂鬱になる。

「そういえば、ここ二ヶ月の間の魔力量はどうなっているのだ?」

「先月と先々月の数値はほとんど下がっていません」

「妻から、月のものがくるようになっていると聞いていたが？」

「はい。それも聞いていましたが、問題ありません。おそらくアルフォンソ様から供給された魔力の定着率が高いからでしょうね」

ヤナ所長は供給された魔力の相性について語る。メルセデスが今まで飲んでいた魔力増幅薬は、さまざまな人から摂取した血を混ぜて作ったものらしい。魔力は個人個人に相性があり、いくら大量に供給されたからといって、体に合わなければ寝ている間に外へと放出されてしまうのだという。

「魔力は寝ているときに作られるのではなかったのか？」

「はい。魔力とは睡眠時に生成されます。しかし体に定着していない魔力が放出されるのも、また寝ているときなのです」

意識がなくなり脱力状態になると、魔力の生成が始まる。そのときに体に合わない魔力があると、勝手に外へ放出してしまうのだ。

「稀に起こる例として、魔力の生成量よりも放出量が増えてしまうと、人は生命活動に危険を感じて目を覚ます、という現象がごく最近発見されまして」

「な!?」

「どうかしましたか？」

「い、いや、うちのも夜に何度も目を覚ますと」

「メルセデスさんも⁉」

「腕に何かを抱いていると、朝までぐっすり眠れるみたいなんだが」

「それは腕に力が入り、完全な脱力状態ではなくなるので、魔力生成と放出の活動が行われなくなるのでしょうね。この前の学会で似たような研究発表がありました」

その発表を受けてヤナ所長は、患者にきちんと眠れているかの問診を行っていた。メルセデスに関しては、明日聞く予定だったという。

「それにしても、ベルンハルトさんとメルセデスさんは本当に離縁するのかなと疑問に思いまして」

「どうしてそこに繋がる？」

「毎日一緒に寄り添って寝るほど仲睦まじいご様子なので」

「どういう意味だ？」

「ですから、メルセデスさんはベルンハルトさんに抱きついてお眠りになっているのですよね？」

「はあ⁉　どうしてそうなる！　あれはぬいぐるみや息子を抱き締めて寝ているだけだ」

「あ、そうでしたか」

「最近は犬を抱いて眠っている」

「コルトをですか？　それはなんとも平和な光景ですね」

「話は終わりか？」

「あ、はい。長々と引き止めてしまい、申し訳ありませんでした。それではまた明日、メルセデスさんの様子を見に伺いますね」

「ああ、頼む」

帰宅後、アルフォンソはメルセデスを部屋に呼びだす。

魔法研究所から持ち帰った薬を手渡した。

「それは魔力の増幅薬だ。いつも飲んでいるものとは違うものになる」

メルセデスは小さく包まれた紙を開き、中に入っている赤い錠剤を不思議そうに眺めている。

「特別に魔法研究所の所長が作ったもので、魔力の回復量は今まで以上になる可能性を秘めた薬だ」

「それは、すごいですね」

「ああ。これから月に一度服用するように。飲んだ後、何か異変があれば知らせろ。それから――聞きたいことでもあるのか？」

「あの。もしかして、なのですが、アルフォンソ様が前に言っていた、〝なんとかする〟というのはこの薬のことでしょうか？」

「まあ、そうだな」

メルセデスの表情が途端に翳ったように見えたが、よくよく観察すればいつもの無表情に変わりなかった。メルセデスは受け取った薬を手配してくれたアルフォンソに礼を言い、部屋へ戻る。

ヤナ所長の診断を受けた数日後、魔法研究所よりアルフォンソの元へある一通の手紙が届けられる。

魔導鎧の使用中止を訴える活動についての経過報告と、メルセデスの魔力回復量を知らせるものだった。

ヤナ所長からの報告書には、メルセデスの魔力量は半分ほどまで回復したと書かれていた。そのため、これ以上の血液の採取は不要。自然治癒を目指すと記されている。

さらに数日前には南の村から家の建て替えが完了したという報告が届いていた。元々の予定では、その村への移住をするように決めていた月でもあった。

ここ数ヶ月は本当に穏やかな日々が続いていた。もう少しだけ、ここにいてもいいのでは。そんな気分になる。

だが、これ以上ここにいたら、離れがたくなる。それは、許されないことであった。

一刻も早く、でたほうがいい。アルフォンソは、最後の仕上げをすることに決める。

それから数日が経ち、アルフォンソは決意の朝を迎えた。

その日は朝一番に魔法研究所へ足を運ぶ。所長に挨拶を済ませてから、そのあとは商会舎へ私物の処分のために立ち寄った。

書斎にはほとんど物がない。残るは数冊の本と書類を捨てるばかりだった。

ガサゴソと漁（あさ）っていたら、フランツがひょっこり顔を覗かせる。

「会長、珍しいですね」

「ああ」

「お茶でも飲んでいかれますか？」

「そうだな。私も少し、お前に話がある」

「私に、話、ですか？」

「ああ」

アルフォンソは書斎でフランツとふたりきりという、長年待ち望んでいた瞬間を迎えようとしていた。

鞄の中に入れていた書類を出しながら、以前より決めていた計画を話す。

「――え？」

机の上に置かれた一枚の書類を前に、フランツはただ呆然としている。

アルフォンソは抑揚のない声で、再び用件を簡潔に述べた。

「それは、どういう意味、ですか？」

「話を聞いていなかったのか？　三度目は言わないぞ。もう一度だけ言う。最後だからな。商会は、今からお前のものだ。そして、私の決めた女性と結婚して、ジルヴィオも養子に迎えろ」

「そんな……！　う、嘘を、おっしゃらないで、ください」

「嘘ではない。拒否権はないのはわかっているだろう？　私がいくらお前の教育費に金をかけたか、自分でも理解しているだろうが」

「で、ですが、どうして？」

「私は明日の朝、ここを発つ。それだけだ。あとは任せた」

「え!?　明日なんて、ま、待ってくだ――」

フランツは聞かされた話を飲み込めずに、混乱しているようだった。そんなフランツを放置し、アルフォンソは応接間をでる。

屋敷へ帰宅したアルフォンソは執事とメルセデスの出迎えを受け、昼食はどうするかと聞かれた。

とても食べる気分ではなかったので、必要ないと言って自室に引きこもる。

抽斗の中から一枚の書類を取りだした。それは夫の欄が記入された離縁届。やっと、長年の苦しみから解放される。しかしながら、何年も前から待ちわびた日だったのに気分は酷く重たい。

アルフォンソはフランツが秘書になったときから、彼の結婚相手を探していた。真面目で優しく、高潔な精神を持ち、一心同体となってフランツを支えてくれるような健気(けなげ)な女性がいい。

一心不乱に探したが、なかなかそのような女性は見つからなかった。

必死になりすぎて、見境なく女性を食事に誘ったり買い物に連れていったりしていた。その結果、周囲からは好色親父だと噂されてしまう。ある程度会う回数を重ねないと、人となりや金銭感覚などは見抜けない。仕方がない話であった。

フランツの結婚相手を探していたのに、いつの間にか自分が結婚していた。なんとも不思議な縁だった。どうせ、すぐに離婚する。そう思って、受け入れたのだ。

しかしながら、予想は大きくはずれた。

いつかは何かしらの形で裏切るだろうと思っていたメルセデスこそが、アルフォンソがフランツに相応しいと思う理想の女性だったのだ。

人生とは、何が起こるかわからない。だが、数奇とは限らないのである。

帰宅から一時間後、執事にメルセデスを呼びだすように命じる。メルセデスはすぐにやってきた。

「アルフォンソ様、お話とは？」

何も知らないメルセデスは、落ち着いた様子でアルフォンソをまっすぐに見つめていた。

机の上にある離縁届と婚姻届の入った封筒を指先で叩きつつ、メルセデスに用件を伝える。

「前に、私の願いはなんでも叶えると、言っていたな。その言葉に偽りはないと？」

「ええ、もちろんです。私にできることならなんでもいたします」

「そうか。お前が〝都合のいい女〟で助かった」

「え？」

メルセデスの瞳から、光が消えた。アルフォンソは心を痛めつつも、願いを口にする。

「離縁してくれ。これが、私の望む願いだ」

メルセデスは目を見開く。信じがたい、という表情を浮かべていた。

「アルフォンソ様、いったいどうして、このようなことを、お決めになったのです？」

メルセデスは語気を強めて追及したが、アルフォンソは顔を背ける。これ以上、彼女を見ていられなかった。

何度も何度も、メルセデスはアルフォンソの名を叫んだ。そんな状況で、ふと思いだす。

初めてメルセデスに名前を呼ばれたとき、ばかみたいに動揺してしまったことを。

これまでの妻は名前すら呼ばないという、冷めた関係ばかりだった。

今、メルセデスに対して思い浮かぶのは、感謝の言葉のみ。

彼女はジルヴィオを、本当の子どものように可愛がってくれた。性格の捻くれたアルフォンソはたくさんの暴言を吐いてきたが、ときには言い返し、ときには受け流し、毅然(きぜん)とした態度を貫いた。本当の夫婦になろうと努力もしてくれたし、メルセデスを通してジルヴィオの成長を知ることもできた。

しぶしぶ妻を娶って、ベルンハルト家は大きく変化した。

それはどれも喜ばしいもので、アルフォンソも平穏無事な生活を送れた。幸せだったと言っても、過言ではなかっただろう。

メルセデスは素晴らしい女性で、アルフォンソにはもったいない妻だった。離縁し、相応しい男と結婚させるのが、筋というものだろう。

情は残さないほうがいい。

アルフォンソの中にある未練も、置き去る必要がある。

しかしながら、メルセデスは納得しないだろう。理由を、用意していた。

「お前も夜会のときに聞いただろう、私を忌み嫌う者たちの言葉を。私はもう、疲れたのだ」

アルフォンソは心ない他人の評価など気にしないと思い込んでいたが、無意識のうちに心労が溜まっていたことを告げる。嘘ではないので、真に迫っていただろう。

「これからは誰も私のことを知らない場所でひとり、静かに暮らしたいのだ。明日、ここをでる予定だ」

「そんな、ジルヴィオはどうするのです？　それに商会だって、アルフォンソ様がいらっしゃらないと、困るのでは？」

「息子と商会は、フランツに託したから問題はない。そして、お前も――」

婚姻届を封筒の中から取りだして、机の上に広げて見せた。

「今後はフランツの妻となって、これまでと変わらぬ生活を送ってほしい」

さすがのメルセデスも、非難の視線をアルフォンソに向けた。ずきんと、胸が痛む。アルフォンソは奥歯を噛み締め、耐え忍んだ。

「この結婚は、ベルンハルト商会とブランシュ子爵家との契約みたいなものだ。先ほど商会はフランツに譲渡した。だから、必然的にお前はフランツのものになる」

「なんという、非人道的なことを。そのような行為などばかげています」

「私は、そういう人間だ。今までも法に触れないさまざまな汚い手を使って、商会を先代よりも大きくしてきた」

嘘は言っていない。汚い手を使ったのは、三回にも及ぶ結婚相手の裏切りの仕返しとばかりに行ったものばかりだったが。

「結婚したくないというのなら、離縁届をださずにこの家にいるといい。私も結婚は二度としない。それも嫌だという場合はフランツに相談しろ。悪いようにはしない」

メルセデスの静かな怒りが、痛いほど伝わっていた。けれども、アルフォンソは気づいていない振りを続ける。

「長い間世話になったな。お前は、私にとっていい妻だったよ」

言い終えてから、最後の言葉は不要だったなと後悔する。

メルセデスが呆然としている間に、自室をあとにした。

そのまま書斎に閉じこもり、扉を背に座り込んで頭を抱え込んだ。

外からアルフォンソの名前を呼ぶメルセデスの声が聞こえていたが、奥歯を噛み締めながら無視を決め込む。

しばらくするとメルセデスは諦めて、部屋の前からいなくなっていた。

左右の親指以外の手に嵌めていた、大きな宝石のついた指輪をひとつひとつ外す。

それらは、アルフォンソを拘束する枷(かせ)だった。ようやく、解放されるのだ。

これで、皆が幸せになれる。

アルフォンソも、きっと穏やかな日々を過ごせるだろう。

立ちあがる気力すらないアルフォンソは、冷たい部屋で薄着のまま、膝を抱えて長時間蹲っていた。

第十章
成金商家の妻は、征服する

メルセデスは二枚の書類を手にした状態で、とぼとぼ力なく歩いていた。

どうしてこのような行為をしたのか？　まったく、アルフォンソの考えがわからない。

理由は聞いたものの、納得できなかった。

一年ほど前に起こった、バウマン商会との商談で不渡り券をだしてしまったから騒ぎが甦る。

あのときのアルフォンソは、ジルヴィオとメルセデスを連れていこうとしてくれた。見知らぬ土地へ行って、家族を養ってくれると言っていたのに……。

なんとか部屋に辿り着くと、抽斗に書類を入れて鍵を閉める。

アルフォンソ・ベルンハルト。

気難しい人物だと、父親から聞いていた。

事実、アルフォンソはその通りの性格をしており、何度もきつい言葉で罵られた。

しかし、時折彼の本当の姿、偽りのない優しさを垣間見て、メルセデスはアルフォンソ・ベルンハルトがどういう人間なのか気になるようになった。

少しずつ、アルフォンソを知ろうとした。

けれども、メルセデスが近づくとアルフォンソは壁を作って離れていく、というのを繰り返す。そのうちに、前よりも隙を見せるようになった。

メルセデスはいつの間にか、アルフォンソの本当の妻になりたいと望んでいた。

痛みも、喜びも、分かち合えるかけがえのない存在になりたい。願いはそれだけだった。

けれども、アルフォンソはメルセデスに別れてくれと言った。

以前のように、一緒に連れていってはくれないようだ。

どうすれば信用してもらえたのか。自分には何が足りなかったのか。

考えても考えても、答えはでてこない。

紅茶でも飲んで気持ちを落ち着かせよう。そう思っていると、メルセデスの部屋の扉が叩かれる。ジルヴィオだった。

「どうしたのですか？」

「本を、読みたいのです」

ジルヴィオが持っていたのは本と紙の束だった。本は以前アルフォンソから貰った〝真暗の国の騎士と姫君〟で、紙束はその本の中身を家庭教師が書き写したものらしい。

「中の文字が読みにくかったので、先生が書いてくれました」

メルセデスは今までの動揺を悟られないように、優しく微笑みながら頷く。どうやらジルヴィオがメルセデスに、本を読み聞かせてくれるらしい。

ジルヴィオの成長に、メルセデスはささくれていた心が少しだけ和らぐ。

「最初から読みますね」

「はい」

「むかしむかしあるところに――」

ジルヴィオはたどたどしいながらも、すべての文を読みきった。

「――めでたし、めでたし」

メルセデスは隣に座るジルヴィオの頭を撫でて、賞賛の言葉を贈る。一年間でここまで成長するなんてすごいことだ。

この感動をアルフォンソに伝えたいのに、これからはそれも叶わない。アルフォンソは、ここをでていくという。

メルセデスはフランツと結婚するつもりはなかった。

アルフォンソは自分との婚姻届をそのままに、この家にいてもいいという道も示した。

ただそれでは、この先ジルヴィオが養子になり、フランツが別の相手と結婚したときに紛らわしいことになるだろう。

ジルヴィオと離れればなれになることを考えると、胸が張り裂けそうだった。

「母上、見てください」

ジルヴィオは〝真暗の国の騎士と姫君〟の表紙に描かれた騎士を指し示す。そして、輝かんばかりの笑顔を浮かべつつ言った。

「ジークフリードは、母上に似ていますね」

「私に、似ている？」

「はい！　髪や目の色とか、うーん、なんて言ったらいいのか」

説明が難しい似ている箇所があるらしく、ジルヴィオは頭を傾げて言葉を探している。

ジルヴィオより先に、メルセデスのほうがピンときた。

騎士時代に、似たような鎧を着用していた。その当時の姿だったら、よく似ているような気がする。ジルヴィオに話すと、喜んでいた。

「わあ！　やっぱり母上はこのジークフリードに似ていたのですね」

ふと、思いだす。アルフォンソが鎧姿のメルセデスを見て、「ジークフリード？」と呟いていたのを。今になって、腑に落ちた。

「母上は、真っ暗闇の中でお姫様がひとりで泣いていたら、助けてくれますか？」

「え？」

「騎士様は人を助ける職業の人ですよ」

メルセデスはアルフォンソの苦しみを目の当たりにしながらも、取り除けなかった。誰も救えない者が騎士を名乗るなど図々しい。

物語の中の騎士は、心を映す鏡の剣を持っていた。そのお陰で、姫から信頼してもらえたのだ。しかしながら、メルセデスには何もない。

「私は、鏡の剣を持っていないので」

メルセデスはジルヴィオが傷つかないように、やんわりとその言葉を否定する。

「母上、だったらぼくが母上の鏡の剣になります！　お姫様がいたら、母上は綺麗な心を持っていますよって教えてあげますから、だから、お姫様を助けてくださいね」

「ジルヴィオ……！」

メルセデスは感極まり、息子の体を抱き締める。

「ありがとう、ありがとうございます」

ジルヴィオの言葉を聞いて、メルセデスはいつもの冷静さを取り戻す。

目を閉じると、アルフォンソの言葉が甦った。

――お前が、都合のいい女で助かった。

彼はいつだって、心にもない言葉を口にするとき、傷ついたような顔を見せるのだ。

――お前は、私にとっていい妻だったよ。

この言葉こそがアルフォンソの本心だ。そうメルセデスは確信する。

もう、この瞬間に彼女の心は決まっていた。

動きだすのは深夜。皆が寝静まった時間帯にメルセデスは行動を起こす。

その瞳の中に、迷いはない。

誰もが寝静まった深夜。

メルセデスは寝台から起きあがり、同時に顔を上げたコルトに「静かに」、「待て」と命じる。寝巻きを脱いで、椅子にかけてあった服に袖を通した。

メルセデスがまとうのは、使用人部屋からこっそり持ってきた男性用の仕着せだ。黒いズボンにベルトを巻いて、騎士時代に愛用していた剣を挿し込む。

長い黒髪はひとつに括り、帽子を深く被った。

「コルト、おいで」

メルセデスの命令を聞いたコルトは寝台から飛び下りた。その頭を毛の流れに沿って撫でたあと、首輪と散歩紐を装着させる。

「自分の荷物は、自分で管理してくださいね」

そう言って取りだしたのは、布に包んだ小さな荷物だ。中にはコルトの名前が彫られた木皿と、干し肉に爪きりが入っている。メルセデスはそれをコルトの首に巻いた。メルセデス自身は魔石灯を握るだけで、何も持たないままコルトと共に寝室をでる。

次に向かったのはジルヴィオの部屋。

寝顔を覗き込む。寝つきのいい少年は、カチャカチャと爪の音の鳴るコルトが近づいても目覚める気配はない。

ここ数ヶ月のジルヴィオは「もう六歳なので、夜、母上がいなくても平気です！」と宣言し、ひとり寝をしている。

寝台の上を占拠していたくまのぬいぐるみも、現在は棚の中に収められていた。

熟睡しているジルヴィオの頰を撫で、寝台の下に隠していた鞄をメルセデスは肩にかける。中にはジルヴィオの着替えが入っていた。

「もう、ぬいぐるみは必要ありませんね？」

返事はないが、寝台の上になかったのでそう解釈をする。

抱きあげようと背中に手を差し込んだら、固いものに当たった。何かと取りだしてみたら、黒い装丁の本だった。

〝真暗の国の騎士と姫君〟

それはアルフォンソの大切な本であり、ジルヴィオも大切にしているものだ。

今、メルセデスがこうして行動を起こすきっかけともなった物語である。持っていこうと思い、その本を鞄の中へ押し込んだ。

今度こそジルヴィオを抱きあげて、部屋をあとにした。

最後に向かったのはアルフォンソの部屋。

扉には鍵がかかっているようで、がちゃ、という硬い金属音が鳴っただけだった。これも想定内だったので、執事から預かっていた鍵で中へと入る。

長椅子の上にジルヴィオを寝かせ、背中に背負っていた荷物を下ろす。毛布を被せ、さらに自分の上着も重ねてやる。コルトには自身が被っていた帽子を頭に置いて、ジルヴィオを見ているように命じた。

メルセデスは寝室へと繋がる扉の前に立ち、大きく深呼吸をする。

腰に提げてあった剣はアルフォンソを驚かせたら悪いと思い、壁に立てかけておいた。

そして、寝室へと入る。

アルフォンソは規則正しい寝息を立てながら眠っている。その体を、躊躇うことなく強く揺すって起こした。

「アルフォンソ様、起きてください。アルフォンソ様」

ジルヴィオ同様に寝つきがいいのか、アルフォンソはなかなか目覚めない。

童話の世界では姫君は王子様のキスで目覚めるが、寝ているのは美しき姫君ではなく、四十前の中年だ。

なんとなく、一度その気になって顔を近づけた。

だが何か違うな、と思って再び体を揺り動かす。揺すっているうちに、アルフォンソの体は転がってしまった。ここで、意識が覚醒したようだ。

「──う、うっわ!! な、なんだ、お前は!!」

「アルフォンソ様、私です」

「は、はあ⁉」

起きたばかりのアルフォンソは、突然寝室に現れた者の正体を見抜けなかったようだ。男装しているから、余計に気づきにくかったのだろう。

「こ、こんな夜中に何をしにきたのだ⁉」

「今から、発ちます」

「発つって、どこに行こうというのだ?」

「アルフォンソ様が行くという場所に」

「は?」

アルフォンソは目をショボショボさせながら、メルセデスの言葉を聞き返す。

メルセデスはそんなアルフォンソの言葉を無視し、手を差しだした。

「さあアルフォンソ様、行きましょう。ジルヴィオとコルトも一緒に」

「な⁉　も、もしや、私の行く地へ同行すると言っているのか？」

「ええ。だから早く！」

メルセデスが深夜にきたのは、夜逃げが目的ではない。起き抜けのアルフォンソに迫って、混乱しているうちに連れだしてしまおうという作戦だった。〝征服のススメ〟にも、夜襲は効果的と書いてあった。

「一緒になど行くわけがなかろう！　予定通り、明朝にここをでる。馬車もひとり分しか予約していない！」

「馬車は納屋の中のものをひとついただきましょう。後日、子爵家より代わりのものを届けてもらうように手紙をだしましたから」

メルセデスは騎士時代の貯金を両親へと託し、馬車を手配するように頼んでいた。その辺はぬかりない。

「明るくなって人に見つかってしまえば引き止められてしまうでしょう。私も、あなたも」

アルフォンソは使用人などにもでていくことを言っていない。翌日になれば大変な事態になる。メルセデスは説得を続ける。

「アルフォンソ様、御手を」

「断る‼　お、お前みたいな、冷徹な人間と一緒に、行く、など――」

アルフォンソは「断る」という言葉だけ勢いよく発したが、それ以降の言葉は小さくなって最後は聞き取れなかった。

暗い中でアルフォンソの表情はわからなかったが、またひとりで傷ついているのだろうなとメルセデスは考える。

「アルフォンソ様——」

メルセデスはアルフォンソの名前を呼びながら、両手を伸ばして手のひらで頬を包み込む。触れた瞬間、アルフォンソは身を引きそうになった。

逃がしはしない。メルセデスはアルフォンソに身を寄せた。

「な、何を……?」

「あなたの心を、どうか私にください」

その言葉を聞いてアルフォンソは再び後ろに体を引こうとしたので、メルセデスは腰に腕を回して抱きついた。

「アルフォンソ様の心は、私が守ります。だから、一緒にあることをお許しください」

「何を、言って、いるのだ。お前を冷徹呼ばわりするような男と共に生きても、何もいいことなどない。そ、それに本当に冷徹なのは、私の、ほうだ」

「いいえ、アルフォンソ様はそのようなお方ではありません！」

メルセデスはアルフォンソから離れ、寝台から下り立つ。

「アルフォンソ様、御手を。生活のことならご心配なく。あなたとジルヴィオのふたりくらいは、なんとか私が働いて養いますから」

　それは以前執事が起こした不渡り券を巡る騒ぎがあった際に、メルセデスへ言った台詞だった。

　アルフォンソは呆然としていた。

　時間がもったいない。メルセデスは近くに荷造りしてあった旅行用の大きめの鞄を持って、アルフォンソへ早く靴を履くようにと急かす。

「アルフォンソ様はジルヴィオをお願いします」

「い、いや、しかし」

「いいから、黙ってついてきなさい」

　アルフォンソはメルセデスに手を引かれたまま寝室の隣の部屋へ行き、言われた通りにジルヴィオを抱える。荷物はメルセデスが持って、コルトにはついてくるように命じた。

　準備が整うと、アルフォンソの手を再び握り締めた。

「お、おい！　私の手は、繋がなくてもいいだろうが」

「逃走防止です。私から逃げられると思わないでください」

　メルセデスは剣を腰のベルトに挿しながら、そう宣言した。

　部屋の中を早足で横切り、扉を開く。

ところが、扉の前にはベルンハルト夫妻を出迎える者の姿があった。

「奥様、お疲れ様です！」

出迎えたのは、深夜にもかかわらず元気いっぱいな執事。それから、二枚の書類を握り締める青年だった。

「フ、フランツ⁉」

「結婚相手が奥様だったなんて、酷いです」

執事とは違って暗い表情を見せるフランツは、初めて反抗するような態度でいた。

メルセデスとの婚姻は、我慢ならないものだったのだろう。

「どうしてこのようなことをするのですか――兄さん」

メルセデスは目を見開いて、〝兄さん〟と呼ばれたアルフォンソを振り返る。

執事は笑みを浮かべたまま、提案する。

「旦那様、詳しい事情を、お話ししたほうがよいのでは？」

アルフォンソとメルセデス、フランツの、長い夜が始まろうとしていた。

「あのー、すみません。寒いので中に入れてもらえますか？」

黙ったまま動こうとしないアルフォンソたちに痺れを切らした執事が、空気も読まずに発言をする。

「入れ」

執事は真っ先に中へ入り、暖炉の前に陣取る。フランツは無言で長椅子に腰かけた。

「フランツ、なぜ、気づいた？」

「エリアスさんが、教えてくれました」

メルセデスとアルフォンソは、同時に執事を見る。執事は朗らかに説明した。

「侍女がー、寝室に奥様とコルトがいないって、大騒ぎしたんですよー」

「何⁉」

「やってしまいましたねえ」

その後、メルセデスの部屋に行った執事は、離縁届と婚姻届を発見したという。婚姻届にフランツの名前が書かれていたので、何か知っているのではと考え、フランツの部屋に向かったと事の経緯を話す。

「それでフランツさんも事情を知らなかったご様子だったので、旦那様にお聞きしようとふたりできたわけです。まあまあ、とにかく、ご事情を話して、話し合いをなさってくださいよ」

執事が紅茶でも淹れるか聞いてきたが、誰も返事をしなかった。

「では、坊ちゃんを寝室に寝かせてきましょうか？」

執事はジルヴィオを抱きあげ、でていこうとした。それを、アルフォンソが制止する。

「おい、エリアス。ちょっと待て。ひとつだけ質問に答えてもらおうか」

「いいですけど」

「お前は、いったい何者なのだ？」

怪しすぎる執事の正体を暴こうと、アルフォンソは直接問い質す。メルセデスも、彼がただ者ではないと感じていた。

なんでもアルフォンソは、執事の父に懇願されて仕方なく雇っていたようだ。

今日のこの図ったかのような登場の仕方といい、本物のような不渡り券の警告文を偽造していたことといい、あまりにも怪しすぎた。

「そろそろ潮時ですかねえ」

「御託はいいから、早く何者か言え！」

「はいはいっと。わたくしは銀行省、特務情報部所属のエリアス・ブライトクロイツと申します」

「は？」

「銀行省の者です」

エリアスは懐の中から、銀行省の印が押された身分証を取りだして、アルフォンソの前に示した。

「銀行省の者がなぜ、私の家にいるのだ！」

「それも話せば長くなるのですけどねえ」

「三分で全部話せ」

「そうですねー、ふむ」

ジルヴィオを胸に抱いたまま、エリアスは話し始める。

今から一年と数ヶ月前、金融大臣が銀行省を秘密裏に訪問してきた。

大臣曰く、市場で怪しい動きをする商会があるようで、調べてほしいと相談を受けたのだという。

銀行省は大臣の依頼を受けて、急激に売り上げが増えた商会を探し当てる。

ただ、これだけでは証拠にならない。特務情報部に調べさせようという計画を立てた。

「それでその怪しい商会の潜入調査を行うことになったのですが、ベルンハルト商会は調べれば調べるほどクリーンな商会でして。逆に怪しいので調べてくれと大臣が言ったので、こうして派遣されたわけです」

潜入調査を担当したのは特務情報部の貴族出身の若者ふたり。そのうちのひとりであるエリアスは、疑いはかかっているが、潔白（シロ）だろうというベルンハルト家に行くほうが楽そうだと思い、選んだという。

「まあ、父が旦那様と知り合いで、潜入しやすかったという理由もありますがね。他に何か聞きたいことはありますか？」

「前にお前が起こした際に持っていた、不渡り券の警告文はなんだったのだ？」

「銀行省で発行された、本物ですよ。もちろん、あのあと破棄しましたが。〝嘘つきの日〟に合わせて騒ぎを起こせと上から指示があったものですから」

騒ぎを利用して、疑いのかかった商会長がどういう行動を取るのか見るための作戦だったという。

アルフォンソの商会が完璧な優良商会だという証拠も山のように集まっていたが、その調査に当たっていたエリアスは面白い情報を手に入れてしまう。

その情報とは、世間では悪い噂しか流れていなかったアルフォンソ・ベルンハルトの、さまざまな善行と言える行動の数々だった。

財産のほとんどを騎士への支援、騎士隊への寄付を貴族へと呼びかける活動、商会と貴族の橋渡し、孤児院への慈善活動にあてているという、そんな世の中に流れていない話を知って、どうしてこのことが表沙汰になっていないのかと疑問に思ったらしい。

それに加えて、屋敷の使用人は驚くほどアルフォンソに対して従順に仕えていた。悪口を聞いたこともなかった。けれども、エリアスが接するときは噂通りの短気で口が悪いだけの存在だった。それすら面白いと感じてしまい、さらなる調査を重ねる原動力になっていたという。

「やはり、私の周囲を嗅ぎ回っていたのはお前だったのか⁉」

「申し訳ありません。つい、面白くって。昔から好奇心は人一倍ありまして。旦那様の言動や行動の意味、さらに抽斗の中まで調べ尽くしてしまいました」

「抽斗には、鍵をかけていたはずなのだが？」

「ピッキングを、嗜んでおりまして」

「この、クソ野郎が！」

「安心してください、旦那様。情報部の人間は口が堅いので」

「もはや怪しさしか感じない」

執事の話は以上だという。皆、揃って長いため息をついた。

「後日上司を連れて、説明と謝罪にきますので」

「わかったから、早く息子を寝かせてやってくれ」

「ああ、そうでしたね」

執事はアルフォンソの部屋から去っていった。

嵐は去った――と思いきや、問題は残っている。フランツがアルフォンソを鋭く見つめ、説明を求めた。

「それでは、話をしていただけますか？」

アルフォンソはふいと、顔を背ける。ふたりの関係は、メルセデスも知りたかった。兄と呼んだのは、なぜなのか。どうして、メルセデスとフランツを結婚させようとしていたのか。わからないことばかりである。

「兄さん!」

アルフォンソは頷く。とうとう、腹を括ったようだ。

「フランツ、お前が聞いて気持ちのいい話ではないが」

「覚悟の上です」

「わかった。洗いざらい話そう」

フランツ・ヴェンデルは、アルフォンソの母親と画家であるロイド・ヴェンデルとの間に生まれた私生子だ。

彼が生まれた頃、ベルンハルト夫妻の仲は冷え切っていた。不貞の末にできた子どもだというのは、調べなくても明らかな話だった。

激怒したアルフォンソの父親は、ロイド・ヴェンデルを追いだし、妻は外出できないように軟禁を命じる。

生まれたばかりの子どもは孤児院へ連れていくと言っていたが、アルフォンソの母親が激しく抵抗をしたのですぐに諦めたという。

それから三年、フランツはベルンハルト家の地下にある部屋で母親に育てられ、すくすく成長する。

当時のアルフォンソは、父親違いの子どもの存在を知っていたが、母親のいる地下には近づかないように言われていたし、気にも留めていなかったらしい。

だがある日、アルフォンソの母は言いつけを破って、子どもを外へ連れだした。その外出中に命を狙われ、怪我を負うこともたびたびあった。周囲はやめるように進言したが聞く耳を持たずに、負傷をした体を引きずってでもでかけていた。そんな状態になってまで外出をしていた理由は、画家の男と密会していたとも、別の男に熱を上げていたとも噂されていた。真偽は明らかにされていない。

その一年後に、アルフォンソの母親は病気となって、入院する。

その間、フランツは新しく雇った乳母が世話をしていた。

ベルンハルト商会の会長をしていたアルフォンソの父は、孤児院に入れるように手続きをしようとしていた。だが、忙しくて書類を書く暇もないと文句を言っていたのを、アルフォンソは今でも覚えているという。

フランツは地下の部屋ではなく、屋敷内で暮らすようになった。

人見知りをしない明るい少年は、使用人たちの癒やしだったという。

アルフォンソは何度かフランツに話しかけられたこともあったが、可愛がられていることが面白くなかったのですべて無視していた。

周囲の愛情を一身に受ける幼子が憎たらしい。嫉妬の気持ちをアルフォンソは持て余していたようだ。

そして、雪が激しく降る日。

入院していた母親が、アルフォンソの名を呼んでいるのできてほしい、という連絡が入る。フランツの間違いではないかと思ったが、容態も芳しくないとのことで、見舞いに向かった。

案の定、母親が会いたかったのはフランツだった。

母親は泣き叫びながら、アルフォンソにお前は誰だ、要らない子だ、私の子を早く連れてきて、と叫んでいたらしい。

十五歳という多感な年頃の少年には耐えられない言葉に、アルフォンソは病院を飛びだす。

馬車をも無視して、街中を走り抜けた。

「その後、街中を歩いていた私は、運悪く拐かされてしまった」

誘拐されたアルフォンソ少年に待っていたのは、身の代金を払わないという父親の決定。

それから、商会はフランツが継ぐという信じがたいものだった。

「なんとか騎士の手によって助けられ、生還することができたが、私はその日からフランツのことが憎くて仕方なくなっていた」

居場所を奪われるかもしれないという恐怖に襲われる。

自分と違って周りから愛される弟、父親は血の繋がったアルフォンソに何も期待していないことが判明したこと。さまざまなものが混ざりに混ざって、アルフォンソの中でフランツへの思いは日に日に歪んでいく。それから数ヶ月後にアルフォンソの母親が亡くなり、フランツは孤児院へ入ることが決まった。

跡取りにするとまで言っていたフランツを、なぜ手放したのか。アルフォンソの父親の心変わりの理由は、ついぞ知ることはなかった。死人に口なしである。

「私はフランツがいなくなると聞いて、心底嬉しかった。使用人たちや乳母が悲しんでいるのを見て、胸がすくような気持ちになっていた」

フランツが孤児院に預けられる日。好奇心から、アルフォンソは窓からその様子が見られないかと覗き込む。

ちょうど、フランツが孤児院のシスターに手を引かれ、歩いている様子が見えた。

ああ、よかった、これで居場所を奪われないで済む。

安心していたら、突然振り返ったフランツの様子を見てしまった。

遠く離れていたのではっきり見えたわけではないものの、泣いていたのだろう。一瞬目が合ったような気がして、慌ててカーテンを閉めた。

「フランツを見て、誘拐されたときの自分と同じだと思った」

突然、フランツは要らないと言われたから、屋敷をでることとなった。

父親から身の代金を払えないと言われたアルフォンソと同じ気持ちを、五歳の少年が味わっている。酷く、残酷な行為を働いているように思えてならなかった。

その日からアルフォンソは良心の呵責に苛まれていたらしい。フランツを連れ戻すよう、父親に頼めばいい。そのような考えも浮かんでいたが、代わりに自分が孤児院へ送られるかもしれない。そんな不確かな焦燥に襲われていたので、実行に移せずにいた。

そんな中で、アルフォンソは己の中の罪悪感から解放されるために孤児院へ向かった。孤児院でフランツが楽しそうに暮らしていることが確認できたら、このもやもやとした気持ちから解放されるだろう。アルフォンソはそう信じて疑わなかったという。

だが、塀の上から覗き込んだ孤児院は悲惨な状況だった。

身なりの汚い子どもたちは腹が空いたと騒ぎ、今にも倒壊しそうな建物で生活していた。フランツは庭の隅にいて、雪で何かを作っていた。手には何も嵌めておらず、赤くかじかんだ手を吐息で温めながら、ひとり遊びをしていた。その姿は、とても幸せだとは思えない。見ていられなくなったアルフォンソは、孤児院の塀の前から逃げだした。ふらふらと屋敷へ戻る。

そんなこともあり、孤児院へ行った日から、アルフォンソの中の罪の意識は膨らんでいく一方だった。

「そのときから始めたのが孤児院への慈善活動だ。罪悪感を薄めるためにしていた、自分勝手な行いだった」

その日から、アルフォンソは孤児院への月に一度の寄付を欠かさなかった。少しずつ元気を取り戻していくフランツを隠れ見ては安堵する。自分は何も悪いことはしていない。あの子どもが孤児院へ行くことになったのは、仕方がないことだと自分で自分に言い聞かせていた。

「それでも罪の意識はどうしてか拭えなかった。そんな折に父が亡くなり、商会を継ぐことになった私は、忙しく過ごす中でフランツを引き取る計画を立てていた」

遺産引き継ぎなどの手続きに半年を費やし、その後フランツを孤児院へ迎えに行った。ところが、フランツは数日前に実の父親が引き取りにきて、ここにはいないと言われてしまう。

「本当の父親が引き取りにきたのなら仕方がない。私にできることはもうないのだと思っていたものの、どうしてもフランツのことが気になってしまって探偵に調査を依頼した」

フランツの父、ロイド・ヴェンデルは、その当時世界各地を回って絵を売り歩いていた。旅を続ける親子の足取りを摑むまでに、四年の歳月を費やしてしまった。

長年探していたフランツは、隣国の南にある小さな農村で発見される。十二歳になっているはずの少年は酷く痩せ細っていて、栄養が行き渡っていないのは見て取れた。

「フランツを見て、私は間に合わなかったのだと、ひとりの罪のない子どもを保身のために見捨てて、不幸にしてしまったのだと、自分を責めた。どうすれば許してもらえるのか、どうすればあの明るかった子を幸せにできるか悩んだ私は、ひとつの答えを導きだした」

アルフォンソの考えついた贖罪（しょくざい）。

それは、自身の商会を大きくしてから弟に譲ろう、という単純なものだった。

「法にギリギリ引っかからないような手を使って商売を行い、良心が痛んでもフランツのためだとそれを無視して働き、私は長い間自分の中の過ちと付き合ってきた。お前に商会を譲ったあとに、罪の意識から解放される日を待ちながら」

アルフォンソはフランツの顔を見ることができないのだろう。俯きながら、「話は終わりだ」と宣言する。

メルセデスはアルフォンソを見つめ、フランツは膝の上で震える拳を握り締めていた。

沈黙が、続く。

アルフォンソはどうしてこうなったのだと、頭を抱え込む。計画が、すべてバレてしまった。もう、完遂は難しいだろう。

特定の誰かのせいではない。メルセデスやフランツ、エリアス、そしてアルフォンソ自身が、それぞれ計画にない行動を取った結果であった。

フランツの瞳から、光が消えていた。こんなつもりではなかったのに。

七年振りの再会となったとき、アルフォンソは初めて自分の口からフランツの兄だと名乗った。その当時、十二歳のフランツはアルフォンソのことを覚えておらず、「兄さん……？」と呟きながら不思議そうな顔をしていた。当時、彼の母親についてまでは話せなかった。まだ、あどけなさを残す子どもである。すべて打ち明けるつもりだったものの、アルフォンソは大人になったら話そうと思い直す。それが、間違いだったのかもしれない。

思えば、唯一の肉親である弟に酷い仕打ちばかりしてきた。関係すら、秘密にしておくように強制していたのだ。そうするように命じた理由は、フランツにまでベルンハルト家の汚名を背負ってほしくなかったから。

その約束をフランツは守り、アルフォンソも弟の存在を隠し続けた。

長年の行いは、果たして正しいものだったのか。フランツのためになったのか。わからない。アルフォンソは机の上の離縁届と婚姻届を眺め続けていた。

沈黙は続く。

風が強いからか、窓がガタガタ揺れる音だけが響き渡っていた。

最初に口を開いたのはフランツだった。

「事情は、わかりました。しかし、この話をお受けすることはできません。どうしても商会を押しつけるというのなら、私は今すぐにでもここをでてゆきます」

「なっ⁉」

フランツは机の上の婚姻届をぐしゃぐしゃに丸めて握り締めながら、はっきり宣言する。

「ひとりでここをでていこうとしていたなんて、メルセデスさんやジルヴィオ君がどれだけ悲しむか、考えなかったのですか？」

「それは、フランツ、お前ならふたりを幸せにできると思っていたから――」

「そんなわけないでしょう！　苦労して興した商会や大切な家族を手放すなんて、兄さんはどうかしている！」

アルフォンソが考えていたフランツの幸せは、迷惑でしかなかったようだ。

フランツは丸めた婚姻届を、力いっぱい床に叩きつける。

「商会の次席に選ばれて、たくさんの仕事を任されるようになって、ようやく兄さんの役に立てる日がきたんだって喜んでいたのに……！　私を認めてくれたから任せてくれた、というわけではなかったのですね」

「それは違う！」

ベルンハルト商会が大きくなったのは、ここ数年の話だ。そのように発展した理由は、フランツを始めとする従業員たちが全力で支えてくれたから。アルフォンソの力だけでは成しえなかっただろう。

フランツの働きを見て、商会を任せても大丈夫かもしれないと思った。だから、副会長に任命した。そう伝えても、フランツは首を振るばかり。受け入れてはくれない。

「商会も、兄さんが愛していた家族も、私ひとりで背負うことは重荷にしかなりませんよ。メルセデスさんだって、どうして私と結婚させようとしたのですか⁉」

「それは、彼女が私の理想の女性だからだ」

これまで語られなかった熱い告白に、メルセデスとフランツは瞠目する。

「あ、あの、兄上、そ、それは――！」

「アルフォンソ様、そのような話は、まったく聞いておりませんでしたが？」

「うるさい。大人しく話を聞け」

ふたりの動揺に気づかぬまま、アルフォンソは話を続ける。

アルフォンソは随分と長い間、フランツに相応しい女性を探していた。なかなか条件を満たす者は見つからずに、途方に暮れることとなる。

女性とは我が儘で自分勝手な生き物だ――というのは、今までに接してきた者たちがそういう性格だったために、アルフォンソの中に根づいた言い分だった。

そういう女性を伴侶とすれば、ベルンハルト商会どころかフランツまでおかしくなってしまう。慎重に慎重を重ね、調査を続けていたのだ。

ところが、どれだけ探してもアルフォンソがよいと思う女性と出会えない。そうこうしているうちに、なぜか自分が結婚をするはめとなってしまった。

渋々、イヤイヤ始めた結婚生活の中で、少しずつ年の離れた妻との距離が縮まり、知れば知るほど好ましい人物だと思うようになっていた。

アルフォンソはメルセデスに惹かれていくのに気づかず、湧きあがっていた愛情を不快に感じていた。今までの妻と同じように裏切ればいいのにとも願った。

「癇癪持ちの中年にすら優しく接することができる娘だから、お前のことも幸せにしてくれると、確信していた」

「そんなこと、望んでいません！　私は、ただ、兄さんを支えることができれば、それが、それだけが幸せだったのに」

両手で持った剣を杖（つえ）のようにして長椅子に座るメルセデスは、フランツを一瞥してため息をつく。そして彼女もまた、重たい口を開いた。

「フランツ・ヴェンデル。先ほどから話を聞いていれば、随分と偉そうな口振りですね」

メルセデスからの痛烈な言葉に、フランツは目を見張る。

「よくもまあ、そのようにペラペラとアルフォンソ様を責めることができるものです」

「な⁉　あなたも、他人ごとではなかったのに！」

「私は、誰が何を言おうと、アルフォンソ様の傍で生きるだけ」

メルセデスはアルフォンソがどんな決定を下しても、自分の意志は曲げないようだ。

「アルフォンソ様が今回の件に関して、どのように苦しんで、どのように悩んで決めたかということが、わからないのでしょうか？」

「おなじ言葉を、メルセデスさんにもお返しします」

「確かに、私はアルフォンソ様との付き合いは短いです。それでも、アルフォンソ様が不器用ながら、あなたが幸せになるためにと一心に考えつつ、苦しみながらも実行に移したことくらいはわかるのです。それが、私たちにとって最低最悪な行為であっても」

「それは――」

メルセデスとフランツの間に流れる不穏な雰囲気に耐えきれなくなったアルフォンソは、思わず口を挟んでしまう。

「お、おい、私のことで喧嘩(けんか)をするな」

メルセデスとフランツは、同時にアルフォンソを睨む。そして、口を揃えて、「黙っていてください」と叫んだ。

ふたりから同時に怒られたアルフォンソは、言葉を失ってしまった。しょんぼりと、背中を丸める。

しばらくの気まずい沈黙のあと、今度はアルフォンソが話し始めた。

「私は、皆の気持ちを考えずに、独り善(ひとりよ)がりな計画を立てて、間違った行いをしようとしてしまった。もう、このようなことは、二度としない。商会を継いでもらう話は白紙に戻す。妻と息子のことも」

アルフォンソは己の間違いを認めて謝罪する。その言葉を聞いたメルセデスとフランツの不穏な空気が、いくぶんかは和らいだ。

「兄さん、生意気を言って、申し訳ありませんでした」

「いや、今回の件に関しては私が悪い。気にするな」

「しかし」

「お前と私は対等な関係にある。これから先、何か気がついたことがあれば、どんどん意見してほしい」

フランツはアルフォンソの言葉を聞いて、胸に響くものがあったようだ。泣きそうになっていた顔を、サッと伏せる。

「今まで、兄さんの背中を見て育ち、働いてきた私にとって、兄さんは希望であり、目標でした。まさか、対等と言っていただけるなんて、嬉しいです。ただ、私は人として、また働く者として、完全ではありません。まったくの未熟者です。だから、この先も兄さんの背中を見ていたいと、思っています」

「そんなことはない。いつも、頼りにしている。私を、これからも支えてくれ。我が自慢の弟、フランツ」

「――っ、はい！　もちろん、そのつもりです。ですが、ひとつだけ、言わせていただきます」

「なんだ？」

「何か、大きな決断をするときは相談をしてください。ひとりで苦しみを抱え込んだり、悩んだりしないでください。ここにいる者たちは皆、兄さんのことを大切に思っています。私からはそれだけです」

今度は、心地のよい沈黙が部屋の中を漂っていた。アルフォンソは自身の愚かな考えを反省し、これからは家族のために生きようと決める。

もう、家族を悲しませるようなことは、二度としないと誓った。

フランツは気持ちをゆっくり整理したいから、と言って退室していく。一方で、メルセデスは剣を杖のようにして持ったまま、アルフォンソを見つめていた。

「アルフォンソ様」

急に低い声で名前を呼ばれ、アルフォンソは肩を震わせた。

「な、なんだ?」

「これからはもう少し、素直に生きてくださいね」

「そう、だな。今後、努力をするとしよう」

言いたいのはその一言だけだったのか、メルセデスも部屋から出ていった。

誰もいなくなった空間で、アルフォンソは深く息を吐く。

もう、胸の重みは軽くなっている。長椅子の背もたれに体を預けながら眉間の皺を解す。そろそろ眠らなければと思い、力なく立ちあがると、寝室の扉を開ける。すると、何かがアルフォンソの横を通り過ぎてぎょっとする。

それは暗闇の中を大きく跳躍して、アルフォンソの寝台に着地した。

「な、なんだ、あれは⁉」

突如として現れ、寝台の上に跳び乗ったのは――メルセデスと一緒にでていったものと思い込んでいたコルトだった。

「な、お前⁉」

コルトは尻尾を振りながら、アルフォンソの寝台の上を縦横無尽に転げ回っている。

「ば、ばか！　そんなふうに暴れ回ったら毛が抜けるだろう！」

アルフォンソの注意も聞かず、コルトは腹を上に向けて寝始めてしまった。

「おい！　毛が抜けるのは私ではなく、お前のことだからな！　布団の上でなく、床の上で寝ろ！　聞いているのか⁉　おい！　クソ、クソが！」

アルフォンソはコルトを退けることができずに、毛だらけの布団で一緒に眠ることとなってしまった。

翌日、朝一番にジルヴィオを私室へ呼びだして、フランツが叔父であることを伝えた。

メルセデスのことをすぐに母親だと受け入れた息子なので、今回も大丈夫だろうと思っていた。

案の定、ジルヴィオは家族が増えた、フランツが叔父で嬉しいと喜ぶ姿を見せていた。

その後、食事の準備ができたと執事が報告してきたので、食堂へ移動する。

各々(おのおの)が席に着いたところで、ジルヴィオが椅子に座る前に喜びの声をあげた。

「わあ！　初めてみんなでお食事ですね」

アルフォンソはなんのことだ？　と理解できぬまま、開きかけていた新聞を食卓に置く。

「ああ、確かに皆で食事を取るのは初めてですね」

「はい！」

ジルヴィオはメルセデスの言葉に元気よく返事をする。

フランツが副会長になってから、ジルヴィオやメルセデスと一緒に食卓を囲むことがあった。フランツがいる日にはアルフォンソは毎回不在だったので、こうして全員が揃うのは今日が初めてだった。

「母上、〝はちみつくまのたのしい食卓〟という本を覚えていますか？」

「え？　ええ」

〝はちみつくまのたのしい食卓〟というのは、ジルヴィオお気に入りの絵本の題名だ。

「くまの家族が、一緒に食事をするお話ですよね？」

「はい！　母上と会う前に、ここでよく、ひとりで〝はちみつくまごっこ〟をしていたんです」

ジルヴィオは〝はちみつくまごっこ〟について、説明し始めた。

「くまのお父さんは『今日はもっとたくさんはちみつを持って帰ってくるよ』って言って、くまのお母さんは『口にはちみつがついていますよ』ってお口を拭いてくれます。くまの弟は『お兄ちゃん今日は何をして遊ぶ？』って聞いてくるのです」

アルフォンソから貰ったくまのぬいぐるみを座らせ、ジルヴィオは遊んでいた。

「でも、何回もするうちに飽きてしまって、その日は絵本のものまねじゃなくて、自分の家族と食事をするつもりで、遊んでみようと始めました」

ジルヴィオの家族、それは父と、物心ついたときにはいなかった母親。ジルヴィオは籠の中の果物を皿の上に置くと、手と手を合わせて食前のお祈りをする。

「父上が何か言って、母上が何かしてくれるはずなのに、家族のお話が、まったく思い浮かばなかったのです」

メルセデスと結婚する前のジルヴィオは、家族で食事をするという機会がなかった。

そのため、ごっこ遊びをしようとしても、会話が思いつかなかったのである。

「でも、母上がきてくれてから、ふたりで食事をするようになって、父上も一緒に食べてくれる日もあったし、父上がいない日はフランツさんが一緒でした」

ジルヴィオはメルセデスがきてから、誰かと食卓を共にするという楽しさを知った。

「父上はぼくの話を『そうか、そうか』って聞いてくれて、でも、あんまりお喋りが過ぎると母上から『お喋りは食事のあとにしなさい』って怒られて、フランツさんは父上の話を聞かせてくれて、今度はフランツさんが母上に『お喋りのしすぎですよ』って怒られてしまって。ぼくたちはお喋りなところが似ていますねって言ったら、フランツさんはにっこり笑ってくれて」

明るく喋っていたジルヴィオの声が、次第に震えていく。

「だ、だから、これが、ぼくの家族なんだ！　って思ったら、嬉しくって……も、もう、寂しくな、い、ないんだ、って、ぼくは、ぼく、は――」

パチパチと瞬きをしたとき、堪えていた涙がジルヴィオの頬を伝っていく。

メルセデスは慌てて立ちあがり、ハンカチを取りだしてジルヴィオの頬に当てようとした。だが、それよりも早くアルフォンソが駆け寄り、膝を突いてジルヴィオを抱き締めた。

「ジルヴィオ‼　今まで寂しくさせてすまなかった‼」

初めて父親に抱き締められたジルヴィオは、大きな声をあげて泣きだした。その小さな背中をアルフォンソは優しく撫でて、ひたすら謝り続ける。

「もう、二度とお前に寂しい思いはさせない。だから、泣かないでくれ」

必死に息子をあやすアルフォンソの姿を見て、メルセデスも涙を流す。手にしていたハンカチでそっと拭っている。フランツも、目を真っ赤にしていた。

そんなベルンハルト家の様子を眺めていた執事は、穏やかな笑みを浮かべる。家族の正しい姿を、静かに見守っていた。

こうして、長きにわたるアルフォンソ・ベルンハルトの苦悩に満ちた時間は終わりを告げた。長い時を経て、乗り越えてきた試練と行いは、無駄ではなかった。

過去の苦しみがあったからこそ、彼はかけがえのない、家族を得ることができたのだ。

「わーー！　母上、見てください、バルリング号ですーー！」

ジルヴィオは港町に停泊している船舶を前に、コルトと一緒に跳びはねながらはしゃいでいた。

メルセデスは興奮しているコルトを窘め、ジルヴィオにも落ち着くように注意をする。

その様子をアルフォンソとフランツは微笑ましい光景だと話をしていた。

「玩具のバルリング号と一緒ですね」

しゃがみ込んでコルトに話しかけるジルヴィオは、満面の笑みで自宅にある玩具と同じ船を見あげている。

「エリアスくんも一緒だったら、もっと楽しかったのに」

「彼も仕事がありますからね。また、遊びにくると言っていたので、待っていましょう」

「はい！」

一家を掻き回してくれたエリアスは、元の職場に戻った。嵐が過ぎ去ったと、アルフォンソは思っている。

問題はすべて解決した。ホッと胸を撫で下ろしているところである。本当によかったと、アルフォンソはジルヴィオの笑みを見ながら思っていた。

「兄さん、輝かんばかりの笑顔とはああいう顔を言うのでしょうね」

「そうだな」

「メルセデスさんがきてから、本当にジルヴィオ君も明るくなった」

「ああ」

メルセデスを見あげながら笑顔を振りまくジルヴィオを、アルフォンソは目を細めて眺めていた。

アルフォンソたちは宝石を買いつけに行くついでに、家族旅行にやってきた。

行き先は船に三日間乗った先にある、ガジュラーナという鉱山の開発が盛んな国。

いつもはもう少し暖かくなった時季に行く。だが、今年は旅行も兼ねているので、早めに計画を立てたのだった。

移動手段であるバルリング号は、王族も乗船することがあるという豪華客船だ。

内部には劇場、食事をする複数の店、星を観測する施設、世界各地の蔵書を揃えた図書室に、他国からわざわざ仕入れたという温泉、商店街のような規模を持つ土産屋なども存在する。ガジュラーナには観光するような場所は特にないが、船内で過ごすだけで楽しい思い出ができるだろうと、フランツが立てた計画だった。

「もうすぐ乗船の時間みたいですね」

フランツが懐から懐中時計を取りだしてから言う。アルフォンソは自分の荷物とメルセデスの荷物を持ち、フランツも自身の荷物とジルヴィオの荷物を持って、船を見ている親子とコルトの元へ歩いていった。

毛足の長い真っ赤な絨毯が敷かれた船内には、上品な内装と着飾った乗客の姿があった。

夜会のような絢爛豪華たる雰囲気である。

フランツは秘書時代の癖が抜けないのか、アルフォンソに乗船スケジュールを事細かに伝えてくれた。

「二時間後に出航するみたいですね。それまで部屋でのんびりしましょうか」

「そうだな」

船内を見回るジルヴィオは、とても楽しそうだ。一緒にいるメルセデスも、普段より表情が明るい。どうしてもっと早く、外に連れだしてやらなかったのか。アルフォンソは反省する。

そう思いかけ、いいやと首を横に振る。

後悔するのではなく、これから変えていけばよいのだ。

今後、家族揃ってさまざまな場所にでかけようと心に誓った。

部屋の前に辿り着くと、フランツが思いがけないことを言った。

「兄さん、私たちとはここまでですね」

「は？」

ジルヴィオを抱きあげたフランツが、突然別れの言葉を告げる。

「私とジルヴィオ君、コルトは同室です。兄さんは、義姉(ねえ)さんと、夫婦水入らずでお楽しみください」

「え……は!?」

「アルフォンソ様、行きましょう」

「な、待っ――！」

メルセデスと同室であるのを知らなかったアルフォンソは、誰が見ても動揺している状態でいた。

その場から動こうとしないので、メルセデスに腕を引かれて部屋に入る。

内部は応接間に居間、寝室の三つの部屋が続いている。大きな窓の外は、大海を望める露台（バルコニー）があった。

アルフォンソは応接間の長椅子に腰かけ、ひと息つく。

メルセデスも隣に座り、船のパンフレットを真面目な表情で読んでいた。

「どこか気になる施設でもあるのか？」

「ええ。ジルヴィオが王都では売っていないアイスクリームのお店に行きたいと言っていたので、船内のどこにあるのかと」

そんなものまであるのかと、自らも船内を紹介する内容が記された冊子を手に取るが、特別興味をそそられるようなものはなかった。

欠伸をしていたら、メルセデスから仮眠をしたらどうかと提案される。

「夕食の時間までまだ三時間以上ありますし」

「それもそうだな」

寝室に行くと、大きな寝台が鎮座していた。もちろん寝台はひとつしかなく、アルフォンソは思わず頭を抱え込んだ。

夜になったら、ここでメルセデスと一緒に眠るのだ。妙な動悸（どうき）に襲われた。

ひとまず、寝台ではなく、寝椅子で眠ろう。そう思って腰を下ろし、目を閉じた。

「――アルフォンソ様、起きてください。アルフォンソ様」

メルセデスに体を揺り動かされ、アルフォンソは目を覚ます。なんでも、三時間まるまる眠っていたらしい。

「もうそろそろ食事の時間になります」

「ああ、そうか」

アルフォンソは眉間を揉み解し、どうにか眠気を飛ばそうとする。しかし、次の瞬間にはその眠気も一気に失せた。

「お着替えはそこにかけております」

「ああ、すまな――！」

メルセデスは美しく着飾った姿だった。

袖のない胸元が大きく開いた黒いドレスに、大粒のサファイアがあしらわれた首飾りを合わせている。それは以前、アルフォンソが選んだ品であった。

「その首飾りは――」

「はい！　アルフォンソ様に選んでいただいた品です」

メルセデスが、胸元に手を添える。思わず、そこを注視してしまった。

胸が零れそうなほど開いていたのだ。

そんな妻の色気たっぷりの姿に、アルフォンソの視線は釘づけとなった。

「アルフォンソ様、どうかなさいました？」

「ど、どうかしているのは、お前のほうだ！　な、なんだ、その格好は⁉」

「服装規定が袖なしのドレスでしたので」

ドレスのチョイスは侍女に任せていたらしい。

メルセデス本人も露出度が高いと感じていたものの、侍女がよかれと思って選んだドレスだ。着ないわけにはいかないと思い、こうしてまとったのだという。

とてつもなく美しく、似合っている。だが、他の男に見られたくなかった。

特に、胸元を。

アルフォンソはすぐさま行動に移す。商業区にある服飾店の店員を呼びだし、ドレスに合わせるショールを持ってきてもらった。

「こちらのドレスならこの肩かけがお似合いになるでしょう」

「では、それにしてくれ」

「ありがとうございます」

店員に見繕ってもらい、胸元を露出せずに済んだ。アルフォンソは心から安堵する。

メルセデスは不手際を反省し、服装についても勉強すると決意していた。

アルフォンソは内心、問題はそこではないと思いつつ、適当に聞き流した。

夕食を終えると、そのまま食品街へと行ってジルヴィオが楽しみにしていたアイスクリームの店に向かう。

「わあ！　とってもきれい、ですね！」

ガラスケースの中に並べられたいくつもの色鮮やかなアイスクリームを見て、ジルヴィオは楽しそうに眺めている。この店で売っているアイスクリームは、イチゴやリンゴなどの果物のフレーバーとミルク。

一般的なものとは異なり、客から注文を受けると凍った大理石の上でアイスクリームに果物などを加えて、一緒に練りあげてから提供するという。

ジルヴィオはイチゴのアイスクリームに、クッキーとケーキを混ぜた品を注文する。大理石の上で練られているアイスクリームを、嬉しそうに眺めていた。

「兄さんは何にします？」

「私はいらない」

「では、義姉さんは？」

「私も、甘いものは少し苦手で」

「このアイスクリームはすっきりしていて美味しいですよ」
「でしたら、ジルヴィオと同じものを」
ガラス容器に盛られたアイスクリームを、メルセデスとジルヴィオは匙で掬って食べ始める。ジルヴィオは美味しいと言って喜び、実は初めてアイスクリームを口にしたという
メルセデスは美味しさに感動していたようだ。珍しく、濃紺の瞳がキラキラ輝いていた。

部屋に帰るなり、アルフォンソは風呂場へと直行する。先にさっさと風呂を済ませて、メルセデスが入浴している間に寝てしまおうという目論見だった。

しかし急ぎすぎて、鞄の中から寝巻きを持ってくるのを忘れてしまった。浴室の棚の中にあった備えつけのものを見て絶句する。

薄手の滑らかな白い生地で作られた寝巻きは、女性のネグリジェだった。

これを着ていくわけにはいかない。

鞄が置いてある部屋にはメルセデスがいる。そのため、取りに行くわけにもいかなかった。脱いだ服はすでにない。

脱衣所には洗濯部屋へと繋がっているシュートがあり、脱いだものはそこに放り込んでおけば翌日綺麗になって戻ってくる。今まで着ていた服は、すでに洗濯部屋だ。

焦ったアルフォンソは状況をどうにか打開しようと、男性用の寝巻きがあるはずだと探

る。そして、洗面台の上にある棚の中にバスローブを発見した。急いでまとう。

メルセデスがいないのを確認し、急ぎ足で寝台に向かった。寝転がると素早く毛布を頭から被る。

これで大丈夫。このときのアルフォンソはそう思っていた。

「アルフォンソ様、アルフォンソ様」

メルセデスに声をかけられ、ハッと目を覚ます。アルフォンソは一時間ほど眠っていたらしい。

「何用だ? 私は眠い」

毛布に包(くる)まったまま、アルフォンソは答えた。

「アルフォンソ様、その包まっている毛布はふたりで使うものです。おひとりで使わないでくださいませ」

メルセデスの真っ当な指摘に、アルフォンソは次の言葉が続かなくなる。

毛布を剝(は)ごうとしたら、一糸まとわぬ姿で眠っていることに気づいた。どうやら寝ている途中に暑くなって、バスローブを脱ぎ捨ててしまったらしい。手の届かない場所に、バスローブがあった。このまま毛布から出たら、全裸を晒してしまう。

どうして、バスローブ姿のときに着替えを取りに行かなかったのか。激しく後悔した。

「アルフォンソ様、どうかなさったのですか?」

「……」

現在全裸なので、毛布を貸せない。なんて言えるわけがなかった。明後日の方向を向き、メルセデスの追及から逃れる。

メルセデスは途中で諦めたのか、隣で寝入ったようだ。

再び眠ろうとしたが、目が冴えてしまった。

それから数分が経ち、メルセデスが寝入ったことを確認する。独り占めをしていた毛布は、メルセデスにそっと被せた。そして、バスローブを回収してまとう。

眠れそうにないので、酒の力を借りよう。そう思って、寝室から移動する。

酒をちびちび飲みながら、ぼんやりと考える。

メルセデスの隣で、まともに眠れるものかと。

彼女のことは、愛している。けれども、いまだに本当に自分が夫でいいのかと、遠慮する気持ちがあった。もちろん、初夜は執り行われていない。

今日のところは、ひとりで眠ろう。そう思って、長椅子に横になった。

すっかり寝入ってしまった深夜。

突然寝苦しさを覚えたアルフォンソは、違和感の正体を探るべく瞼を開く。

「なっ⁉」

寝苦しさの正体は、アルフォンソに馬乗りになっているメルセデスだった。

「お、お前！　何をしている？　また酒でも飲んでいるのか？」

「お酒は飲んでいません。これは、逃亡防止です」

「は、はあ⁉」

メルセデスは数分前に目を覚まし、隣にアルフォンソがいないのに気づく。また逃げられたのではないかと思って、飛び起きたのだという。

「お、重たいから退かないか！」

特に我慢できないほど重たいわけではなかったが、柔らかで温もりある太腿の感触に感情がざわつく。メルセデスは疑惑の目をアルフォンソへ向けるばかりであった。

また、アルフォンソが逃げると思っているのだろう。

「海の上にいて、どこに逃げるというのか！」

絶対逃げない宣言をしても、メルセデスは無表情でアルフォンソを見下ろすばかり。

「な、何を言いたい？」

「アルフォンソ様、寝室で眠りましょう。長椅子の上は固いので、お体を痛めます」

「わかった！　わかったから、早く退け！」

メルセデスは渋々アルフォンソの上から退いて、本当に寝室に向かうかしっかりと監視する。

アルフォンソは追い立てられるかのようにして寝室へ行き、布団の上へ転がることとなった。

メルセデスは背中を向けて横たわるアルフォンソに毛布を被せ、すぐ近くに寝そべる。

「アルフォンソ様、おやすみなさいませ」

「……おやすみ」

アルフォンソが寝台から逃走するということ以外で、それらしいことなど何も起きぬまま。夫婦ふたりの初めての夜は、静かに更けていった。

翌日、何か違和感があると思ってアルフォンソは目を覚ました。

いったい何が、と思いながら見ればメルセデスが身を寄せていた。

急いで腕を引き抜こうとしたら、メルセデスはぐっと眉間に皺を寄せて寝苦しそうな顔をする。力任せに解くことはできなかった。

「おい！　起きろ、起きないか！」

困ったアルフォンソは声をかけて、メルセデスを起こそうとする。ところが一向に眠り姫は目覚めようとしない。今度は力任せに腕を引き抜き、毛布を捲りあげた。

「朝食の時間に遅れたら、変に勘繰られるだろうが！」

怒鳴っても、メルセデスは目覚めなかった。

そしてふと、毛布を剝いだのと一緒に、メルセデスの寝巻きが捲れているのに気づく。まろびでた白い太腿は、起き抜けのアルフォンソには眩しかった。

そして、自らが危ない状態にあることに気づく。

素早く寝室を抜けだし、身なりを整えた。


メルセデスをそろそろ起こさなければ、朝食に遅れてしまうだろう。

寝室を覗いたところ、メルセデスの姿はなかった。寝台の上は整えられており、首を傾げる。居間を覗き込むと、メルセデスの姿を発見した。すでに、身なりは整っている。

「なんだ、起きていたのか？」

「はい」

アルフォンソは長椅子に腰かけ、スリッパから靴に履き替える。

すると、メルセデスがやってきてしゃがみ込む。何をするのかと見下ろしていたら、靴紐を穴に通し始めた。

「おい、やめないか。お前は使用人ではないだろう」

準備を手伝う必要はないと言ったが、メルセデスは靴紐を締める行為をやめない。

「騎士隊では——妻が夫の靴紐を締めれば、必ず帰ってくるという願かけがあるのです」

「お前はまた私を、逃亡犯扱いするというのか！」

メルセデスは無言で頷き、靴紐を締め続ける。

「私は、もう、家族を置いて逃げたりはしない。もしも王都の屋敷をでるようなことがあれば、その前にフランツに相談して、お前とジルヴィオと犬畜生を連れていくことを約束しよう」

「それは、本当ですね？」

「約束しよう。もう二度と、大切なものを手放したりはしない」

「ならば、私も――」

メルセデスは膝の上にあったアルフォンソの手を取って、その甲に口づけを落とす。

「なっ⁉　お、おま……何を、する！」

片膝を突いて恭しく手を取る姿は、姫君に忠誠を捧げる騎士のようだった。

「なんだ、今のは⁉　私に忠誠でも誓うというのか⁉」

「いいえ、違います。愛を」

メルセデスの濃紺の瞳は揺らがない。確かな意志を持って、輝いているように見える。

心が震えた。アルフォンソが好ましいと思った彼女は、変わらずここにある。

これまで、さまざまな試練がアルフォンソを襲った。

辛くても、寂しくても、悲しくても、痛くても、誰も助けてくれず独りだった。

けれどもメルセデスだけは、アルフォンソと共にあった。

苦楽を共にし、助けようと、手を差し伸べてくれた。

誰も信用なんてしない。信じられるのは、自分だけ。なんて思う日もあった。

今は違う。アルフォンソには、メルセデスがいた。

彼女の想(おも)いに、応(こた)えたい。メルセデスを、ひとりの女性として愛しているから。

アルフォンソは掴まれた手のひらを握り返し、自分が椅子から立ちあがるのと同時にメルセデスの手を力いっぱい引いた。

「では、私も同じものを、メルセデスに誓うとしよう。永遠に」

そう言って今度はアルフォンソが片膝を突いて、メルセデスの指先に触れるか触れないかの軽い口づけをする。

黙ったまま立ち尽くすメルセデスを見あげると、アルフォンソは瞬時に冷静になった。手も、素早く離す。

自らの行為を振り返り、顔が熱くなっているのを感じていた。

「アルフォンソ様、耳まで赤くなっています」

「うるさい、指摘するな！」

メルセデスはしゃがみ込んで、アルフォンソと目線をおなじにする。

「な、何をジロジロと見ている？」

メルセデスは再びアルフォンソの手を取って、柔らかな微笑みを浮かべる。

それから、顔を背けるアルフォンソの耳元に、メルセデスは愛の言葉を囁く。

「アルフォンソ様、私だけのかわいい人」

言葉を失っている間、メルセデスはアルフォンソの頬にキスをした。

胸にじわりと広がる熱い想いは、愛だろう。

おなじように、アルフォンソも彼女に返そうと思った。


このようにして、旅の始まりと共にひとりの不幸だった男の新たなる人生が動きだす。

船が船頭の舵取りで進むのと同じように、アルフォンソが何か間違えそうになったら、妻が方向を変えてその歩みを支えていた。

弟のために財を作ることを最終目標としていた成金商人の男は、妻や子というかけがえのない存在を得てから考えを改めた。

家族のために生きることを決意する。

そんな男の人生は、幸せに満ち溢れていた。

物語はめでたしめでたし、で幕を閉じる。

成金商家物語　完

本作品は書き下ろしです。

本作品に関するご意見、ご感想などは
〒101-8405
東京都千代田区神田三崎町2-18-11
二見書房 サラ文庫編集部 まで

成金商家物語（なりきんしょうかものがたり）
～ツンデレおじさんは美人（びじん）な年下女性（としたじょせい）をイヤイヤ娶（めと）る～

2021年 8月 10日 初版発行

著者 江本（えもと）マシメサ

発行所 株式会社 二見書房
東京都千代田区神田三崎町2-18-11
電話 03(3515)2311 [営業]
03(3515)2314 [編集]
振替 00170-4-2639

印刷 株式会社 堀内印刷所
製本 株式会社 村上製本所

ISBN978-4-576-21103-9
https://www.futami.co.jp/sala/